U0051515

末等魂師
5 不夠嚇人不出名
銀千羽◎著　希月◎繪
Ⓟ皇冠文化集團
非賣品

末等魂師

5 不夠嚇人不出名

銀千羽—著

希月—繪

人物介紹

端木玖

身分：端木家族嫡系九小姐
年紀：美少女般的十五歲
特長：賺錢（打劫）和花錢（買東西）
出場印象：從傻子進化成一個既土豪
又敗家的奇葩美少女
新技能：動口不成，飛劍伺候

紅色小狐狸

身分：魔獸
年紀：不明
特長：被玖玖抱在懷裡睡覺
出場印象：疑似魔獸火狐狸的紅毛小狐狸
新技能：燒光想傷害玖玖的人

仲奎一

身分：西岩城武器店老闆
年紀：一百多歲
特長：煉器
出場印象：看守武器店的鬍子大叔
口頭禪：那個阿北家的小姑娘

樓烈

身分：疑似聲名赫赫的煉器師
年紀：不明
特長：吃魚、喝酒、教徒弟
出場印象：黑黑灰灰的浮屍一具
口頭禪：我不是壞人
（內心附註：是帥哥）

身分：玖父託付之人，來歷神秘
魂階：五星天魂師
武器：黑色長槍
出場印象：外表約三十歲的紫衣帥美男
口頭禪：不能把小玖養歪了

身分：端木世家嫡系六少爺，
　　　也是本代子弟中第一天才
好友：夏侯駒
特長：護玖狂魔

端木傲

身分：端木家族嫡系四少爺
年紀：32歲
魂階：天魂師
新技能：妹控兄長實習中
出場印象：冷漠正直的男人
外型：黑髮黑眼的酷型帥青年，氣質沉穩

夏侯駒

身分：夏侯皇朝四皇子，天魂大陸十大天才之一
外型：沉默寡言的俊青年
個性：熱心開朗，有點悶騷
好友：端木風、端木傲
新技能：認識某少女後發現自己往吃貨發展

目錄

第四十四章　端木世家第一天才　009
第四十五章　六少vs.三爺　029
第四十六章　大長老駕到！　049
第四十七章　闖禁地（一）　067
第四十八章　闖禁地（二）　085
第四十九章　闖禁地（三）禁靈山　105
第五十章　報仇不必太用力，氣他就好　135
第五十一章　一起思過吧！　153
第五十二章　小公舉　173
第五十三章　小玖所不懂的醋　193
第五十四章　人擠人的帝都大比　213
第五十五章　不夠嚇人不出名　233
番外小劇場　關於自動棄權這件事　252
作者的話　254

第四十四章　端木世家第一天才

突來一聲沉喝，挾帶一股力道。

圍擋在大門前的數十名執法隊人員還來不及轉回頭，只覺一陣狂風席捲而來，身體一陣失重感！

等看清楚時，他們已經懸在半空中！

「呃——啊——」

「誰？怎麼——」

「怎麼回……」

「拉、快拉住我，救……」人咧！

震驚還沒過、求救聲還沒喊出來，數十個在空中用手腳抓來踢去、找不到重心的執法隊員們已經不由自主又飛撲往另一個方向——

「哇、哇啊……」

「砰砰砰砰砰！」

「呃呃呃噗呃——」

執法隊員們全數撞上演武場的圍牆，個個重摔落地，「砰砰砰」的響聲伴隨著一陣的痛哼聲，讓所有在場的人光聽都覺得一陣痛。

隨之，狂風餘勁散開，吹過整個演武場，拂起衣角無數。

原本吵雜的演武場，內外頓時一片安靜。

狂風的餘勁，讓眾人不得不暗暗將重心下移，免得站不穩腳步。

「這陣風……」風勢讓人不得不瞇起眼。

「是誰……」怎麼風勁這麼大？

演武場上的子弟們忙著擋風，而站在上方的端木定灼和幾名長老，已經看清了由門外遙遙走來的那個人——

守在演武場內圍最後方的年輕侍衛們，看見平時敬重的執法隊前輩受傷，個個怒了——

「膽敢在端木世家門前傷人，放肆！」

「擅闖端木世家者，死！」

長老們連阻止都來不及，就見守在那的十幾名年輕侍衛，齊力發出攻擊，直擊來人。

而來人，只是眼神一沉，衣袂微動，一股氣流自他身上傾洩而出，不但將迎面而來的攻擊沖散，餘勁還撲向那些年輕侍衛們。

「啊！」

「呃！」

「哇——！」

「哎喲！」

這次沒人被捲上空中，但是，發出攻擊的人卻全部被氣流震倒，當場屁股先著地，發出好幾聲悶叫——痛的。

其他侍衛與執法隊員們，頓時不再輕舉妄動，但個個神情緊繃。

端木定灼臉色微沉。

「端木風。」

僅僅只是一個喝斥，冷冽的語氣，明明音量不大，卻猶如當頭棒喝的一聲響，直接打入靈魂，讓演武場上的人心驚膽跳。

只兩招，就破掉演武場的防衛，傷了他這幾年培養出來的侍衛與執法隊員各十數人，開出大門口前的一條路。

這種破壞力，就連他和長老們都有一瞬間被驚住——但這怎麼可能?!

端木定灼完全不接受這個事實。

他怎麼會被一個天魂師嚇住?!

上一次他聽說端木風的消息，是三年前。難道短短三年，端木風的實力已經提升到足以威脅他了?!

絕對不可能！

短短三年，端木風天分再高，也不可能提升整整一階。

不可能、不可能。

但，可以確定的是，他的實力的確比以前強了。

端木定灼神情沉沉地看著他由遠而近，緩緩走來，但他卻沒有看他們，他的眼神所看的，只有一個方向。

◈

一扇演武場大門，一道門檻。

區隔出門裡、門外。

擋在大門口那些礙眼的人消失，一道俊挺的人影踩著沉穩的步伐，看似緩慢，身形卻忽隱、忽現，眨眼間已經越過門檻，出現在門口，再一晃眼，他已經穩穩地站在大門口——

這種速度，先是嚇了眾子弟們一跳。

但當在場成為侍衛越過十年的子弟們看清楚來人時，就個個倒吸口氣、震驚得瞪大了眼。

怪不得他們覺得哪裡不對，又覺得有點熟悉。

「他、他他他……」激動得說不出話。

他們認識他啊！

「我知道我知道……我知道他……」旁邊的同伴，同樣激動得只能點頭點頭再點頭，嘴裡只會講「我知道」，但是兩眼放光，捨不得移開。

「六六六六……」

「溜兒什麼呀！」結巴的被巴了一下後腦勺。「是六六六……」一樣結巴。

太太激動了，因為他是——

偶像！

他們記在心上，最敬佩的人啊！

一離家就是十年，中間除了帝都大比，就只回來過一次，而且還只見了族長一面，人就又不見了的那個人。

這些年來，他們只聽過他又打敗了誰、又闖過了什麼危險的地方，又跟誰一起做了什麼驚嚇別人的大事，再加上，他一再被提起的，被列為天魂大陸十大天才少年的事蹟——

總之，就是他十年不在族內。

但族內到處充滿他的傳說啊！

這位，端木世家年輕一代，實力最強的天才。

他回來了！

他竟然突然冒出來了！

他們的偶像回來啦?!

有點不敢相信……

不是他們不夠淡定，實在是這位——近十年來出門像失蹤、事蹟安危全靠「傳聞」的少爺，回來得太突然了啊。

這些驚喜、懷疑的低呼聲，他像聽見、又像是沒聽見，反正一律無視。

他目不斜視地跨過門檻、踏進端木世家大門。

小玖也在看著。

那是一個很好看的男人。

清亮的眼眸、綴上細長的眉，淡麥的膚色、挺立的鼻梁，組合成一張立體分明的五官。

當面無表情的時候，看起來有些銳利，卻絲毫無損他俊美的面容；一身白金色的輕鎧，英姿颯爽，有著少年般的面容、張揚懾人的神情，也有著成年男子般的沉穩、如松的挺拔身形。

高束的黑髮、並著一身白金色的披風，隨著他身形的移動，率性飄揚在身後；步伐移動間，似有風旋在周身圍轉。

乍然看到傳說中的、久違的少爺出現，在場的子弟們個個神情激動、臉色發紅，不斷抓著身邊的人搖晃，他們沒看錯吧沒看錯吧少爺真的回來啦而且這麼帥氣的出場方式簡直拉風閃亮得教人移不開眼啊啊啊……

不行，他們有點激動得淡定不下來。

六少，實在太帥氣、太帥氣、太帥氣！

執法隊的前輩們，對不起啦！不是他們不想同仇敵愾地報仇一下，而是他們更服這一位呀！

眾子弟們一陣興奮，但是有人突然想到——

「聽說……六少很疼一個妹妹……」

身邊的同伴，沉痛地點點頭。

「就是九小姐。」無誤。

所有人：「……」

他們、正在、圍攻、九小姐！

完了完了，六少會不會因此討厭他們、要教訓他們……

「我們也是身不由己啊……」自首有沒有效？他們要自首！

三爺和長老的話，他們哪敢不聽？

六少會不會記恨他們啊？

端木家的子弟們有人興奮、有人擔心。

看他的眼神，也從目不轉睛、滿眼興奮，到一臉擔憂畏縮害怕，默默後退、再後退。

就怕六少一個動作，他們跟著就要「飛上天」！

只是就算怕，他們還是集體看六少看得目不轉睛，滿臉崇拜。

六少卻誰都沒理，眼神直直看著此刻面對門口，表情有點疑惑、有點訝異、有點不解，還帶著點兒好奇的嬌俏少女。

隔著幾丈的距離，兩人默默對視。

五年。

五年不見，她長大了。

但他依然一眼就認出來——是她。

秀氣白皙的五官，沒變。

印象中嬌小的個子，雖然長高了不少，但還是嬌小。

記憶中的五官，脫了少許稚氣、多了些許少女的風姿。

但是，卻都一樣漂亮，像陶瓷娃娃一樣，晶透無瑕。

而最大的改變，是她的眼神不再木愣無神，而是有了靈動的神采。

就這股靈動、一眨一皺間彷彿會說話的表情，便足以讓她整個人鮮活起來。

眼神流轉間，一眨眼、一顰眉，處處充滿慧黠。

她的表情，俏活豐富，彷彿會說話。

再不是那個木木訥訥、毫無反應的小娃娃。

他的眼神只注視著她，細細地看著她。

至於待在她肩上的紅色小狐狸——暫時不在他的視線範圍裡。

而她，同樣在看著他。

這是一張存在她記憶中的臉龐，充滿英氣與帥氣。

端木世家嫡系子弟，基本上沒有出現過醜男或醜女，通常是男的帥、女的美，只不過有的人在外貌上，更為出色。

關於這一點，端木六少同樣是本代眾男性子弟中，被公認最為出色的。

然而特別的是，當別人第一眼看見他時，注意到的不是他有多英俊，而是他那種氣質。

那種混合著俊雅正直、卻又有些難以捉摸的神態，似正非正，那種捉摸不定的氣質，比他優雅帥氣的五官更引人注目。

他一步一步走來。

高瘦的身形，沒有威嚇人的強烈壓迫感，但他步伐前進間，一步一步，卻隱隱帶動周遭氣流，散向四周，像在無聲地催促在他前方的人，別擋住他的去路，快讓開。

場內所有子弟們在愣神過後，隨著他踏步前進，紛紛不由自主往兩旁退散，硬是將被他們圍堵的練武場裡，清出一大片空地。

端木玖看著他，一步步走向自己，直到他站定到她面前，還是滿眼專注、滿臉嚴肅，卻沒開口；她這才微偏了頭，像在思索什麼。

一會兒後，她開口了：「六哥。」

清稚的嗓音，隱隱有一種不確定。

因為，她只在「記憶」裡看過他。

而且最近的一次，還是在五年前。

五年的時間經過，他的外表幾乎沒改變，還是一副剛成年的模樣——其實以端木玖的判斷，她覺得六哥好像變更年輕了。

因為，他皮膚變得更好了呀！

不但沒有黑，也一點都沒有那種在外奔波的人會有的古銅膚色。

反而白白淨淨、溫溫雅雅。

但在這個強者為尊、實力至上的大陸，六哥當然不是那種文弱的奶油小生或連抓雞力氣都沒有的書生型男人。

溫雅，不過是一種將所有力量掩藏起來的溫和表象。

這個世界的人，有害沒害，從來不能以外表來衡量。

如果有誰忽略了這一點，那麼被坑害絕對沒什麼好同情的。

聽見她的聲音，俊美的青年驚喜地笑了。

「小玖。」

接著張開手，他彎身攔腰抱起她、舉高高，大笑著轉了一圈。

「小玖、小玖，妳真的好了！」

收到北御前傳訊的時候，他還不太敢相信，但現在見到她了、聽見她的聲音了，這表示——她是真的好了！不傻了！

感覺，好像在作夢，他好高興，好高興，好高興……

「……嗯。」六哥好激動，玖玖有點不適應。

她竟然被舉高高了。

她不是三歲以下的幼兒了，這種事，完全不符合她現在美少女的年紀和形象耶！

就算是上輩子，她也沒被舉高高過。

但這種抱法，卻讓她有種熟悉感。

小時候，她常常是被抱著走的。

記憶裡，她曾經呆呆愣愣的，什麼都不懂、什麼都不會、對任何事都沒有反應。

吃飯、走路、睡覺、起床……樣樣需要別人幫忙。

在別的相似年齡的子弟們，每天辛苦地修練、在演武場與住處來回忙碌的時候，只有她最「悠閒」。

什麼都不用做、也什麼都不必管。

每天吃飽了，就是坐在北叔叔和自己住的院子裡，看著院子外的人走來走去，忙忙碌碌。

那時候六哥怕她無聊，常常在演武場的修練時間結束後，來到院子裡抱抱她、逗逗她，帶她出去玩兒……

——那記憶實在太呆了，簡直不忍卒睹。

地洞咧？

她想跳下去！

而即使端木玖被舉高高、又轉圈圈，依然很沉穩地坐在她肩上的小狐狸——更不適應！

牠瞪著這個突然冒出來的男人，有點不高興。

但是內心想著，小玖的表情好多、好有趣，這種抱法……要學起來。

在一人一狐還有點適應不良、各自默默思考又糾結並學習的時候，俊美的青年已經稍稍放下她，臉上還揚著笑容，眼神一直看著她。

以前呆呆的、木訥的、乖乖的小玖，很可愛。

現在靈動的、美美樣的、會開口叫人的小玖，也很可愛！

「六哥？」怎麼一直看著她？

端木風輕喟一聲。

「小丫頭，長大了。」笑著揉揉她的頭。

他一點都沒忽略她臉上的糾糾結結和呆愣，真是……好可愛！

「……」前生今生都沒這麼被當成小娃娃揉過的小玖，又適應不良地呆了一下。

這個，再揉下去她的髮型會亂，她要不要抗議一下……

才考慮著，端木風已經依依不捨地放開手。

揉幾下就好，這麼可愛的小玖的這麼可愛的髮型，揉亂太可惜了；雖然觸感很好，但為了小玖可以漂漂亮亮，還是要忍住。

「小玖，再叫我一聲。」

「六哥。」是這一聲？

「嗯。」他很愉快地應了。

「……」六哥好像……還很激動，看起來有點——傻！咳，不是，就是太高興了，所以笑得太開心了點兒。

「糟糕。」俊美青年突然臉色一變。

「怎麼了？」有人想偷襲嗎？

她留意了一圈周圍。

雖然因為端木風的出現，讓現場一觸即發的氣氛被打斷，但端木玖沒忘記她現在腳踩在哪裡。

她還處於被人虎視眈眈地算計、被眾人包抄著準備把她抓起來的危急情況中呢！

「妳第一次叫我哥哥，應該給妳見面禮，我竟然沒有準備到。」扼腕！

端木玖：「……」

這句話跟她想的完全不是同一回事！

「不過我有帶禮物要給妳，見面禮我再補給妳。」俊美青年馬上想到辦法，笑著對她說。

「不用——」

「要。」拒絕的話還沒說完，就被端木風打斷。他一臉嚴肅：「身為妹妹，不能剝奪當哥哥的樂趣，懂嗎？」

「……」懂了。

以前，每次六哥來看她，都有帶禮物。

小到一顆糖果，大到像魂器這樣的貴重物品，不管價值貴不貴重，只要覺得適合她的、好玩有趣的，他都可以眼也不眨地送給她。

從小到大，除了北叔叔，就只有端木風對她疼愛有加，一點都不把她當成傻子看待，也不輕視。

連儲物手環這樣的魂器他都可以請人特別煉製給當時還是個傻子、不能使用魂力的她，已經很足以表示出，這個哥哥有多疼愛她這個妹妹了。

而且從他出現開始，看的想的說的，全是她這個妹妹，這種關愛，讓端木玖對他少了一點陌生、多了一點熟悉感。

「六哥，你要給我什麼禮物？」她好奇地問。

「很多，有——」他心念一動，才想從儲物戒裡拿東西，右手就被制住。

端木風抬起頭，被阻止拿禮物的不爽表情，立刻變成驚喜：「北叔叔?!你也在這裡……不對，你當然會在這裡，我竟然沒有看到你。」笑嘻嘻的。

北御前在這裡，這一點都不必意外。

作為一個從小對小玖保護有加的超級奶爸，北御前當然不會放小玖一個人來面對可怕的場面，有他陪著，才正常。

明明站在端木玖身邊、卻完全被忽視的北御前：「……」

差點翻白眼。

他這麼大個人站在這裡竟然可以完全被忽視，這眼神——真是夠夠的。

「北叔叔，好久不見。」端木風手一轉，手勢從被制止變成兩人握手，還晃了兩下。

「好久不見。」正經回道，手腕微轉，就脫出握手，變成攻擊。

「北叔叔一點都沒變。」還是一副少笑又嚴肅的樣子。端木風一邊應招一邊回道。

幸好小玖不怕冷臉，不然北叔叔的嚴肅表情可以嚇哭小孩。

轉瞬間兩人你來我往地攻守攻守，用一隻手也打得不亦樂乎，速度快得讓人幾乎看花了眼。

但兩人臉上的表情始終輕鬆寫意。

「你倒是……消息靈通。」指他及時趕到這裡，人未到、聲勢就先放出來的氣勢。

「不夠及時。」端木風有點懊惱。

他看得出來，演武場上有動過手的痕跡，這表示小玖或北叔叔，之前應該與這些護衛們、甚至是演武台上的人起了衝突。

他趕來得太慢了。

「但也不慢，剛剛好。」北御前一說完，兩人快得只剩影子的對招終於停下來，又是一副握手的動作。

「你倒是變了不少。」看著他，北御前挑眉。

更張揚了。

「託福。」端木風笑咪咪。

「變什麼？」端木玖好奇地問。

「變——」端木風正要解釋，突然想到禮物的事，「剛才——」

「就算你看到小玖很開心，也不要忘了這裡是哪裡。」北御前打斷他的話，說道。

端木風終於有空注意到他們在哪裡、現在什麼場面。剛才完全忘了這群人的存在。

禮物不適合現在給。

北叔叔的阻止是對的。

「那我們走吧，到我那裡去。」端木風飛快放開還和北叔叔握著的手，改牽小玖的。

不相干的人太多。

東西種類也太多。

送小玖的禮物才不要在這裡被他們看見，先回他住的院子，再一樣一樣跟小玖慢慢說。

還可以和「會說話」的小玖，說很久的話；很好，說走就走！

而北御前，則走在小玖的另一側，三人一起往門口走。

一個天階高手北大人、一個嫡系第一天才的六少、再加上一個——剛才把端木縈縈打趴的九小姐，本來悄悄又圍住他們的端木家子弟們，頓時氣弱地又後退了幾步。

對北大人，他們聽說很久，在場子弟大部分都還沒有突破天階，對於天階高手，有本能的敬畏。

對於六少，他是端木家本代第一天才、實力與魂階是每年蹭蹭往上飛，為家族爭到榮譽、又名列天魂大陸十大天才少年之一，他們崇拜都來不及，哪裡會想和他作對？

最後對九小姐，那真是被剛才那場對決鎮住了。

武師，也可以打贏魂師，以弱克強的呀——呸呸，什麼以弱克強，九小姐明明就很強！

實力比較弱小的子弟們，頓時對未來有了新希望，看九小姐，就像看一個新偶像一樣，根本不會想攔阻。

於是三人還真的一路暢通無阻。

看見這兩兄妹加北御前這麼無視他的存在，眼看著就要走出演武場大門，端木定灼再度喝止一聲：「站住！」

端木風往大門走的腳步一頓，想起來他日夜趕路回來的緣由，於是慢慢轉回身，看著端木定灼。

連聲招呼也沒有，完全無視他這個長輩，端木定灼黑著臉質問：「出去歷練這麼久，看見長輩連問候都不會了嗎？」

面對氣勢洶洶的端木定灼，端木風忽然笑了。

在他露出微笑的同時，在場眾人彷彿感覺到一陣和風吹過身邊——錯覺吧？

明明是針鋒相對、一不小心就要打起來的場面，他們怎麼會覺得和風溫煦？一定是錯覺。

「是侄兒失禮了。」要問候是吧？

簡單，滿足你。

一反剛才的傻哥哥樣，端木風彬彬有禮地朝端木定灼所在的位置，微微躬身行了個禮：「三叔好三叔好久不見三叔安康三叔再見。」

說完，對著身邊的小玖說：「小玖，問三伯好，然後把我剛才的話說一遍。」

就像小時候，端木風帶著她出去玩，儘管知道她不會回應，還是每到一家店，或看見什麼物品、什麼人，就對她教一句，連打招呼都會教。

即使她從來沒跟著他開口或行禮，對人進行禮貌的招呼，他還是每一次都會教她一遍。

這次，端木玖一聽他的話，立刻站好，同樣朝端木定灼行了個禮：「三伯好三伯好久不見三伯安康三伯再見。」

完畢。

「很好，我們走。」端木風很滿意，打完招呼牽著小玖，轉身又走人。

端木定灼差點傻眼。

什麼不倫不類的問候！簡直狗屁不通！目無尊長！

還竟然就這樣要走了?!

「來人，攔住他們！」

「是！」一聽到命令，所有護衛與子弟們反射動作，就圍住三人、以人海城牆，層層擋住大門。

被攔路的端木風再度停步，臉上的表情沒有半點怒火與慌張，反而充滿玩味，

「三叔，你調動執法隊攔住我，不怕我到大長老面前告狀？」他可不是犯錯的子弟，身為端木世家本代天資最高的嫡系子弟，端木風在端木世家裡的號召力與權力，可不輸一般長老。

無論家族護衛還是其他子弟，無故攔住他的路、更意圖攻擊他者，視同挑釁與不敬。

簡單來說，現在出手攻擊他，是要受族規懲罰的喔！

擋在大門前的幾名執法隊員，頓時更遲疑了。

「你妨礙了我的正事，就算大長老在這裡，也不會幫你。」端木定灼有恃無恐。

「我妨礙了三叔什麼？抓小玖嗎？什麼時候開始，普通子弟，也可以隨便對嫡系子弟動手了？」端木風笑笑地反問，眼神不怒而威地掃過那些執法隊員與家族子弟們。

子弟們雖然行動上一點讓步的跡象都沒有，但是心虛的眼神有點兒飄。

端木定灼則是一臉威嚴地說道：「不是隨便。端木玖不遵從家族命令、更打傷長老之女，他們動手攔人理所應當；如果你執意要幫端木玖反抗家族，就一併同罪！」

「什麼命令？誰發的？」端木風反問。

「與你無關。你現在立刻退開，不要妨礙我行事；剛才的事我就不計較，否則——」

「否則，就和小玖同罪，是嗎？」端木風幫他說。

「沒錯！」

端木風點點頭，依然笑咪咪的：「那就同罪吧。」

第四十五章　六少vs.三爺

端木風這麼乾脆，端木定灼有一瞬間的愣住，然後皺眉。

他的語氣，就像在說「晚餐後我們吃甜點吧」一樣輕鬆愉快，好像反抗家族命令只是一件小得不能再小的事。

但是，這是小事嗎?!

家族，是一個人立身在這個大陸上，最好也最強而有力的後盾。

家族給予代代子弟庇佑與栽培，那麼所有子弟自然有義務回報與維護家族的一切。家族命令，代表著必須接受與執行，誰都不能違抗，否則，最嚴重者會被視為背叛家族。

端木風竟然一點也不在意的態度……他不會是不明白這件事的嚴重性吧？

還是他認為，他是端木世家當代最優秀的子弟，就算是犯了錯也會有人護著？

如果端木風真的這麼想，那就不要怪他不留情分了。

其他幾名長老一聽，表情有驚有疑，也全都不敢相信地瞪視著他。

六少到底知不知道發生什麼事？

九小姐聯姻的對象，那可是多少家族搶著要的，要不是九小姐有個好父親，這件婚事根本輪不到她。

為了九小姐這麼一件打著燈籠都找不到的好親事反抗家族，不但置自己的前程和名聲於不顧、更不在乎自己會不會因此被逐出家族，六少爺的腦子……是不是哪裡有問題？

還是在外面歷練到變呆了？

眾子弟們也是個個瞪大眼，滿臉不敢相信。

他們震驚的是：六少爺這是……打算和家族槓上？

為了九小姐不惜槓上家族，六少爺也太……太——太帥氣了！

即使會被逐出家族也要護著九小姐這個妹妹，這種哥哥，他們也想要……

好一會兒，站在端木定灼身後的一名長老才勉強找回理智，慎重地開口問道：「六少，你知道九小姐犯了什麼錯嗎？」

「不知道。」端木風回道。

長老和眾子弟們齊齊鬆了口氣。

對嘛，不知道。

所以六少才會護著九小姐，哥哥保護妹妹，很正常，不是大事；要是六少知道事情的嚴重性，應該就不會——

看著他們的表情，端木風慢慢補了一句：「才怪！」

啥?!

端木定灼、長老們，一呆。

「不過就是拒絕你們安排好的婚事，有什麼值得大驚小怪的？婚事嘛，小玖不想嫁就不嫁，這也值得三叔和各位長老叫了這麼多人來，擺出這種抓逃犯的陣仗？」

端木風環視演武場一圈，最後把眼神定在端木定灼臉上，慢吞吞地又補了一句：「小題大作。」

再換旁邊的長老：「倚老賣老。」

再下一個：「以大欺小。」

再下一個：「沒事找事。」

再下一個……沒了。眼神重新繞回端木定灼：「這麼一件小事，也值得三叔擺出這種場面，去嚇唬一個離開十年、才剛回帝都，年紀也才剛滿十五歲的晚輩？」

「……」雖然不是在質問他們，但是在場子弟們，紛紛又一陣心虛加汗顏。

六少說得……很有道理呀。

理論上，三爺這樣做，的確很容易嚇到人。而且不太道德，有以大欺小、以長欺幼、沒事找事的嫌疑。

但是，事實上的情況：九小姐有被嚇到嗎？

……原諒他們實在沒看出來。

他們只看到，九小姐剛剛才把魂階比她高的縈縈小姐打敗了。

這樣的九小姐，哪裡廢材了？

他們以前是不是聽到了什麼錯誤的傳言……

「不服從家族命令者，便是違反家族律條，我沒有親自動手，已經很念情分了。」端木定灼堂堂正正，毫不心虛。

如果他脾氣不好一點，光憑剛才端木玖頂撞他的那幾句話，他就可以出手，輕而易舉教訓她。

根本不必勞師動眾。

「三叔一直說家族命令，那有族長手諭嗎？」

「自然——有。」

「讓我看一下。」

「要聯姻的人不是你，你沒有必要看。」端木定灼拒絕。

沒必要？該不會是根本沒有吧！

端木風懷疑，但現在爭論這一點改變不了現況。沒有意義。

「不看也無所謂。小玖不同意這項婚約，我也不同意。違抗命令……那就違抗吧。」端木風笑了笑。

端木定灼瞇了下眼。

「為了端木玖，你打算置家族對你的栽培愛護於不顧，背棄家族、被家族除名、接受家族處分了？」

端木玖一聽，被他握住的手動了一下。

「六哥——」才開口，就被他打斷。

「沒有妹妹被為難、或有危險了，哥哥卻只在一邊看著、什麼都不做的道理。別想叫我不管妳。」端木風玩笑似的語氣。

但是眼神很認真、很威脅。

如果小玖真的敢不要他管，他一定會——把她抓來打屁股。

這個眼神，端木玖看懂了。

……為了自己不要被打屁股，她還是暫時先當一個乖妹妹、聽哥哥的話比較好。

「又不是出去玩或中大獎，這種被罰的事，不用陪啊。」但還是嘀咕一下以示抗議。

「嗯？」充滿威脅的一聲。

小玖語音一正：「沒有，我聽六哥的。」一手摸了摸肩上的小狐狸。

小狐狸好像懂了，蹭了蹭她臉頰。

嚶，她被威脅了，需要安慰。

毛絨絨的觸感，讓端木玖嘴角上揚，端木風卻盯著小狐狸看。

「這是小玖的契約魔獸？」他問北御前。

他現在才發現小狐狸的存在。

至於之前……看妹妹都來不及，誰有空看一團毛絨絨？

「嗯。」北御前考慮了一下，才點頭。

「你抓的？」端木風的眉頭，皺著兩條溝了。

「不是。」

「你讓小玖自己去抓魔獸?!」端木風看起來很不高興。

就算小玖痊癒了，跟正常人一樣，但她才修練多久？怎麼可以叫她自己去找魔獸？萬一遇到危險呢？萬一小玖受傷了呢？

他的表情，充分表達出他在想什麼。

「牠是自願跟著小玖。」小玖根本不需要出力、也沒危險，他想太多了！

端木風這腦補的程度，讓北御前嘴角抽了一下；但是他回答時臉上的表情，還是一本正經。

「牠自願跟著小玖？」端木風看了牠一眼，不太滿意的眼神，問道：「小玖，妳契約牠了嗎？」

「沒有。」這是實話。

真正的事實應該是，她被契約了吧？

而且，還賠上她一個「啾」——雖然也是被啾。

有。

小狐狸不高興，立刻在她的腦子裡抗議一聲。

那是很慎重、狐生僅有一次的契約，不可以當它不存在！

我沒有契約你。

聽重點！

於是，小狐狸停頓了一下，就點頭，不抗議了。

「契約魔獸，是一件會影響妳一輩子的事，一個魂師一生幾乎只有一次契約魔獸的機會，所以一定要慎重；對於要契約的魔獸，也一定要仔細選擇，不要急。」完全不知道小狐狸與自家小妹的對話，端木風很慎重地叮嚀道。

潛意思就是：端木風不滿意這麼一隻小小的火狐狸。

血脈不夠高貴。

力量不夠強大。

靈巧有餘機智不足。

賣萌可以打架待商量。

他的妹妹可以選擇更強大的魔獸。

「小狐狸也很好的。」端木玖替不開口的小狐狸說話。

「牠嘛……」很懷疑的一瞥眼後，以很安撫的語氣對她說：「小玖不急，妳要契約的魔獸，一定是最適合妳的。」而且強大。

不用擔心抓不到，他會幫她抓回來的。

正好聽見這句、被糊了一臉妹控甜的端木家子弟們：「……」

魔獸不好找的好嗎?!

魔獸更不好抓的好嗎?!

除了剛被孵出來還不懂事又沒傳承記憶的之外，魔獸自願跟著人類的——根本沒有好嗎?!

六少這隨隨便便的一句，好像他要抓什麼魔獸都有似的——魔獸所在的地域，不是任何人可以隨便去的好嗎?!

但對端木風來說，這都不是問題。

魔獸的確不好找。

高級魔獸更是常常可遇不可求。

但是，端木風有耐心。

對別人來說，是有魔獸可以契約時就——快契約！別錯過！

但對端木風來說，契約魔獸是——寧缺勿濫！

有九成以上的魂師所能契約的魔獸，一生只有一頭耶；只有一頭怎麼能不好好挑選？

所以，端木風看著這隻小小的、像是出生沒多久的、老是一副睡相又窩在小玖肩上不動的小火狐狸，就——愈看愈不滿意。

這麼懶，有危險時怎麼幫小玖對敵？

這麼弱，難道還得小玖反過來保護牠？

他不希望小玖有一天會因為失去魔獸而傷心，甚至因此影響到自己的修練。

所以，小火狐狸，不行！

感覺到不太友善又挑剔的注視，小狐狸看了他一眼。

內心的火焰蠢蠢欲動了。

這個人類，好像不太瞧得起他。

有點欠燒——

「六哥，他很好。」摸摸小狐狸的頭，成功——阻止小狐狸放火。

端木風點點頭，不反駁妹妹的話。

「嗯，是很好。」當寵物很好。「但是身為魂師，契約魔獸是一件很重要的事，我們還是要多看、多選擇，不用急在一時。至於魔獸的挑選，自然是要以血脈愈純正、等級愈高，才是好……」深怕自家妹妹被毛絨絨的外表給誘惑了，端木風對妹妹諄諄教誨。

千萬不要因為小魔獸長得可愛就忘記挑選的重點。

想變強、就得契約強大的魔獸。

雖然是很現實的說法，但卻是事實。

火狐狸對天階魂師以下的魂師們來說，是可遇不可求的寶物；對一般人來說，能契約到火狐狸，就是一件幸運的事。火系魔獸的攻擊，可是凌駕在同階魔獸之上呢！

但是他相信小玖以後的路，絕對不只在天階。

聖階，甚至聖階之上，不過都只是時間問題。

所以千萬不要為了一隻小狐狸，放棄以後可以在修練的路上一起走下去的，真正的夥伴！

他的意思，小玖應該有聽懂吧！

端木玖當然早就聽懂了，但是被嫌棄的小狐狸不高興了。

一直慫恿小玖契約別隻魔獸，簡直完全沒有把牠放在眼裡，就算他是小玖的六哥，小狐狸大人的尊嚴也不容冒犯——

「血脈很重要，但是緣分也很重要呀。」端木玖乖乖聽完六哥所講述的「魔獸契約原則」，把小狐狸從肩上移下來抱住，才開口回道。

一邊在心裡對炸毛的小狐狸說道：

六哥很好，不能噴喔。

「緣分？」

「嗯！」端木玖用力點頭。「我一好，就遇到小狐狸，這就很有緣分呀。」天真地笑咪咪。

端木風一臉嚴肅地看著她。

「小玖，妳要知道——」嚴肅的語氣頓了頓，「緣分，也是有分有緣無緣、深緣淺緣、機緣巧緣、良緣孽緣的；雖然每一種都是緣分，但是我們不能把每一種緣都當成好事。」

像遇到小狐狸，就屬於「巧緣」。

相遇了、相處得不錯、互相幫一點忙，然後就可以準備繼續走各自的路，不用一定要湊在一起呀。

「小狐狸……挺好的。」端木玖有點心虛地摸著小狐狸，一副「就牠了」的那種眼神。

端木風心塞了。

自家天真不解事的小妹妹被毛絨絨給拐了，該怎麼辦？

端木風正在擔心，一股凌厲的氣息卻突然襲來，端木風心快手快地一把抱住小玖退避移位，身後披風一動。

「砰！」

一股氣流散向四周，撞開緊追而來的第二道攻擊。

北御前則在與端木風同時間往不同方位閃避後，再回到小玖身邊。

端木風將小玖護在身側，回頭一看。

「喔，這不是忠長老嗎？好久不見，什麼時候長老你也學會偷襲這招了？」端木風挑眉反問，一邊詢問地看了北御前一眼。

忠長老看起來怒火騰騰，該不會之前你做了什麼事吧？

「在你來之前，小玖打趴了他的女兒。」北御前簡單明瞭地回道。

「噢——」懂了。

「端木縈縈當場重傷爬不起來，契約魔獸也受傷，被端木忠帶走……現在看起來，情況大概不太好。」北御前很含蓄地說道。

「哦喔。」端木風理解地又點點頭。

如同他很愛護小玖的傳聞，忠長老疼獨生愛女的名聲也非常響亮，疼愛到——不僅把自己的修練資源分給女兒，還到處找修練資源給女兒，讓端木縈縈在眾旁系子弟中脫穎而出，早早晉階為地階魂師——

等等，打趴？

端木風訝異地低頭看著還被自己一手抱住的妹妹。

小玖這麼猛地打敗了一名地魂師？

「這個……比鬥場上，為了我可以活得好，只好對不起她了。」小玖有點「害羞」地說道。

「……」咳，很好。

「六少，請讓開！」剛才端木忠雖然護著女兒暫時離開，但是在裡頭，他早就聽到外面的動靜了。

所以現在看見端木風，一點都不驚訝。

「不讓。」

端木忠肅眼，「那就別怪本長老不客氣！」

「等你有不客氣的本事再說。」端木風更不客氣地先嗆回去再說。

「你——」端木忠氣結。

我怎樣？

端木風笑了，給了他一個很挑釁的眼神。

有本事，出手呀。

一邊不忘對小玖說：「不用怕，五年前他就打輸我，現在更不可能贏我。」

「六哥好厲害。」端木玖一臉認真地讚美他，要不是抱著小狐狸不方便，她都要直接拍拍手了。

「應該的。」就算沒有得到小玖崇拜的眼神，但是有讚美，端木風還是笑得一臉高興和滿足。

「三爺，你不管嗎？」打不過端木風、又偷襲失敗，端木忠沒有笨到自找丟臉再繼續打，反而找後盾。

九小姐的事，是他定的。

在這裡的每一個人，都聽他的。

現在這種情況，三爺還要放任嗎？

六少這麼囂張，不用教訓他一下嗎？

「自然要管。」端木定灼只回了他一句話，就轉向端木風，「端木風，你真的要為了端木玖，拋棄家族對你的栽培和期望、反抗家族的決定？」

「一個不能看、也沒聽族長親口說的命令，就可以叫做『家族決定』；三叔，這是你說錯了？還是我誤會了？」

剛才沒反駁，不代表他心裡就沒有異議呀。

要不是端木風修養好，他真會直接吐槽：這種話拿來糊弄我，當我還是三歲小孩嗎?!

不對，就算是在三歲那年，他也沒有這麼好騙的好嗎?!

端木定灼一冷眼，「你在質疑我的話？」就算是他父親，也不敢用這種態度對待自己。

不要以為他被封為端木世家第一天才，就真的可以天不怕、地不怕，連長輩都不必尊重了。

「三叔，我不會忘記家族的意義，但是你一個人，或者加上現在在演武場上的每個人，都不能代表『端木世家』。三叔，在家族裡，雖然你是嫡系子弟，但也只是嫡系子弟的其中之一，除了輩分比我長之外，沒有任何命令我的權力，當然，這也包括——你沒有命令小玖的權力。」

要講家族、要講規矩，他三歲開始就每天背的家規不是背好玩的好嗎？

除了族長、除了掌管各種事務的主要長老之外，其他子弟，只分嫡系旁支、只論實力。

所以，雖然端木定灼在輩分上是長輩，但是在實際處事上，輩分從來不是聽令的重點，真正的重點只有一個：實力。

非關家族要事上，誰有實力，誰就作主。

有糾紛，找執法隊仲裁。

有不滿，找執法隊申訴。

要打鬥，找執法隊申請，上比鬥台。

贏的人，才有資格說話。

端木定灼眼神沉沉。

「婚約，是家族命令，任何人都必須聽從。」

一股似有若無的氣壓，緩緩地壓向端木風等三人。

端木風還是一副雲淡風輕的樣子，周身微風輕揚，環繞過三人所在的位置，以柔克剛地化解壓力。

「那就讓族長來對我說。」

「族長閉關之前，曾說過讓我便宜行事。」雖然沒有直接授與代族長的職責，但是他身為族長之子，又負責一部分家族事務，他說出口的話，就等同於「代族長」的命令。

「所以與陰家的婚約，是你訂下的；不是族長親口承認的。」端木風立刻抓到他的語病。「這項命令，根本不是家族命令，只是你聯合幾位長老私自下的決定——三叔，你假傳族長命令，這罪名不小喔！」

「就算是族長本人，也會同意陰家的提親；我所做的一切，都是為了家族。」端木定灼不認為自己做錯。

與陰家聯姻，對端木家的未來發展，是有利的。

即使現在端木家仍是世家之首，但是想要維持這樣的優勢，就不能滿足於現在的狀況。

族人的實力，必須要更強。

族外的盟友，也必須拉攏。

只有在各方面都輾壓其他家族，端木家族，才是真正的第一家族。

「以後族長會不會同意，我不知道，但現在他根本不知道這件事，也就沒有所謂的『家族命令』。小玖不必聽你的。現在，我要帶小玖和北叔叔一同離開，三叔，你還要攔我嗎？」

「你和北御前可以走，但是端木玖必須留下。」

「不可能。」端木風一臉微笑地拒絕，反問道：「三叔，你這麼熱心家族事務，這件事大長老知道嗎？」

「他很快就會知道了。」端木定灼一點心虛也沒有。

端木玖如果不願意主動留下，那他就讓她「只能留下」。

端木風一聽，又笑了笑。

果然，還是得動手解決。

「既然這樣，就不必再多說了。」端木風步伐微動，衣角無風自動，他微笑又禮貌地說：「三叔，請指教吧！」

敬老尊賢是美德，對於長輩，還是要視情況尊重一下的，所以，請三叔先出手，免得又被指責沒禮貌。

「端木風，你想清楚了？」端木定灼再給他一次反悔的機會。

雖然不喜歡這個行動向來不和他共同進退的侄子，但端木風始終是第三代嫡系子弟中，天分與實力最高的一個。

就家族立場而言，有端木風，足夠讓其他家族的天才相形失色。

因為這一點，端木定灼對他多了一點耐心。

「三叔，你才應該想清楚。小玖的事，不是你能決定的，除非她自己願意，否則誰也不能勉強她。」端木風握了握她的手，然後將她輕推向北御前，以眼神示意。

一開始動手，立刻找機會帶小玖離開演武場。

北御前看了他一眼，再看向端木定灼與其他長老，以及圍住他們、聽令於端木定灼的所有人。

最後，看向順勢站到他身邊的小玖。

她的表情雖然笑笑的。

可是全身的氣息，已經呈現出一種備戰狀態。

隨時能出手，也隨時能移動。

那不是因為她全身戒備，而是一種感覺。

看似無防備，其實才最防備。

這樣的戰鬥姿態，他只在一個人身上看見過——

「真不愧是他的孩子。」北御前無聲一笑。

「北叔叔？」小玖疑惑地看向他。

他剛才說話了。她聽見……「孩子」？

「沒什麼。」北御前摸了下她的頭。「妳六哥要我們先走。」

小玖乖巧地點點頭。

「等我們把攔路的都打趴，就走。」

端木風一聽，傻眼地看了妹妹一眼。

「先走」的意思，小玖沒聽懂嗎？

北御前忍住笑。

「專心你的對手，小玖不必你擔——小心！」說到一半，北御前緊急提醒一句，同時手中長槍上手，一旋轉。

「砰！」

擋下一式攻擊，北御前半步都沒有退，三人也同時看向這次又出招偷襲的人。

端木定灼緩緩收回手掌。

這只是提醒，所以他只用了五分力。

比武場上聊天？很無視他嘛！

端木定灼下令：「封鎖演武場，誰也不准離開！」

「是！」就算有遲疑，但在場的護衛與所有子弟，仍然執行命令，再度層層守住門口，不讓人通過。

示意長老們守好演武場，端木定灼一步一步走向端木風，每走一步，身上的氣勢就多強一分。

端木風則站在原地不動，神情自然，一點逞強的樣子也沒有。

距離兩人最近的子弟，實力沒有達到地階的，一律不由自主地後退，臉色發白。

端木定灼沒有因此就克制，反而繼續提升身上的氣勢。

地階、天階、聖階。

周圍十丈以內的子弟們已經完全退開，附帶個個臉色青白白，一副快要力盡的模樣。

北御前眉頭微微一皺，雖然感覺到壓力，但仍然保持待在原地不動。

他擔心地看向小玖，小玖卻摸著小狐狸，秀氣地打了個呵欠，看起來一點也沒有受到端木定灼的影響。

「北叔叔，他還不打嗎？」

不管是「趁你病、要你命」，還是出其不意、趁勢追擊什麼的，都應該要出招了吧？光擺個姿勢、一副蓄勢待發的氣勢，是想嚇唬誰呢？

「小玖，妳……」北御前有些驚訝。

「我？」端木玖眨了下眼。

在她懷裡閉著眼的小狐狸動都沒動，只毛絨絨的尾巴微微甩了一下，所有撲面而來的威壓，悄悄然就全部被卸去。

這點壓力，連讓小狐狸看一眼的興趣都沒有。

小狐狸繼續睡。

看著三人一點都不受影響的模樣，端木定灼猛然一提氣勁，聖階威壓全數展現，壓迫向三人。

端木風一抬手，同樣的威壓伴隨一股風旋，立刻反壓迫回去。

而北御前覷準這個時機，拉著端木玖輕巧退開，讓出被兩人魂力籠罩的範圍。

他所選的位置，既不方便被圍攻，也可以提防有人對端木風發出偷襲。

至於端木風要他們先離開的打算……不說是小玖不走，他也不會先走。

端木風再有天賦，放他一個人在這裡面對這群人，北御前也無法放心；不如就留下，也讓小玖多觀看多學習。

抱著讓小玖長見識的想法，兩人看得很悠哉，但其他離得近的子弟們沒意識到該跑，結果當場承受不住兩股氣勢的碰撞，臉色發白、發青、吐血。

「呃……」

「長、長老……」

長老們立刻護住眾人。

「退！」

愈靠近門口，就愈安全。

原本圍著端木定灼和長老的子弟們立刻相扶著，迅速往靠近門口的方向移動。

已經受傷動不了的先帶離開，剩下的人繼續將演武場上的幾個出入口堵得嚴嚴實實。

所有人集中在演武場靠大門的這半邊，包括北御前與小玖。

不過兩人所站的位置，距離大門還有一段距離。

端木定灼下令不能放他們離開，長老們就真的帶人守住各個出入口，但是卻沒有立刻對他們動手的意思。

因此北御前也沒有主動攻擊，但警戒還是需要的。

兩方的關注重點，不約而同放在演武場內半邊，還在對峙的兩人身上。

端木定灼內心暗驚地看著端木風，心情有點複雜地開口：「你……晉階了？」

北御前能以天魂師的魂力扛住聖階的威壓，這不奇怪。

北御前雖然只有天魂師的魂階，但是自他出現在端木家以來，卻從無敗績。

天魂師在天魂大陸其他地方算是高手，但在帝都，多得是聖階高手，一個五級天魂師竟然可以在帝都通行不敗，這根本是不可能的事。

但是北御前做到了。

所以即使端木定灼沒有與他較量過，但通過旁觀與傳聞，早就認定，若不是他的修為深不可測，就是在他身上一定有什麼秘密，因此，除非必要，否則不必與北御前為敵。

現在端木玖有他護著……不受影響也不算離譜。

但是端木風——他從小看著長大的侄子。

他印象中九級天魂師的修為，現在不但能與他對抗，還能隱隱透出反制——這種情況，只代表一個事實——端木風，晉級聖魂師了！

第四十六章 大長老駕到！

才五年！

「剛好而已。」端木風笑笑的，看起來好像有那麼一咪咪不好意思。

端木定灼：「……」完全看不懂這「不好意思」是哪種套路，他只知道——

二十……五歲的聖魂師。

這等天賦與魂階，已經完全輾壓家族中所有同輩子弟，甚至，根本凌駕了天魂大陸上所有同輩！

難怪敢正面挑戰他。

年輕氣盛啊！

就算此時端木風魂階還遠遠不及他，但是同為聖階，在戰力上魂師對比武師有著天然的優勢，以端木風的天賦來說，要越階挑戰並不是不可能。

意識到久戰可能不利，端木定灼當機立斷地抬起手，白金色的魂力在他的手上漸漸凝成一根六呎長棍，「鏗」一聲落地。

「渾天——鎮！」

一股勁如巨浪翻騰，撼動地面、掀翻三吋地表，整片擊向端木風。

「風，定！」

端木風手掌上翻，掌心一握！

再猛然放開。

「破！」

被掀起的地片頓時裂散成碎片，轟然落地。

「轟！砰隆隆隆……」

一招落空，在塵沙漫天飛揚中，端木定灼長棍一甩飛身向前，棍身直接橫掃向端木風。

端木風靈巧一躍身，縱向天空一翻，整個人看似羽毛般，輕飄飄地就避開長棍攻擊。

端木定灼立刻追擊，在空中毫不間歇地連續出招。

每次一出招，就帶動一陣氣勁：「咻！轟！喝——」

端木風的移動卻更快，讓端木定灼的長棍次次落空。

閃躲攻擊，表情輕鬆得像是在看風景。

「呼——」

「咻——咻——」

兩人的身形，不斷在空中與地上交錯移動，無論是端木定灼的追擊棍風聲，或是端木風的各種花樣閃避，都讓在場的人看得目不轉睛。

而每一次落地，端木定灼手上的長棍，都在地面上敲出不小的聲響——

「轟……」

「砰！」

演武場的地面被他打得簡直沒一塊完整的地方。

「六少好厲害。」底下的子弟們，看得一臉崇拜。

竟然能在三爺不斷的追擊下，輕鬆自如地閃避，換成他們，可能早就被一棍子敲破頭了。

「三爺也很厲害。」

連續出招都不帶喘氣的，讓他們看得差點也忘記喘氣。

三爺的連續攻擊式式強悍，打得六少根本沒法反擊；要是換成他們，恐怕早就被六少耍得團團轉了。

「那不一樣，六少連鎧化都沒有，卻能和三爺勢均力敵。」所以，六少比較厲害。

「三爺不會輸的。」三爺的鐵粉反駁道。

「就算三爺贏了，六少還是很厲害。」輩分、年紀、魂階明擺著，能和三爺打成這樣，六少已經很厲害了。

「嗯……」就算很崇拜三爺，也無法否認這一點。

小玖則一直看著那根長棍。

「那是？」什麼化成的？

心裡猜著哪種魔獸最有可能化成長棍……

「端木定灼，七級聖武師，他也是族長以下的二代嫡系中，唯一一個不是魂師的聖階高手；拿在手上的，那是他的武器，四星魂器，渾天棍。」北御前壓低聲音，很快地說明道。

「原來是魂器，不是魔獸變成的武器呀。」暗自吐舌。

她好像想太多了。腦補這習慣不好。汗。

「無論是魂器，或是魔獸化成的武器，在外型上，或是使用時發出的威力，並沒有太大的落差。這兩者最大的分別，是魔獸要鎧化成武器，必須有魂師的魂力作為支撐；另外，一旦魂師受傷或魂力暫時用盡，鎧化便會消失，現出魔獸本體。而魔獸本身也是有戰力的，但魂器本身卻無法戰鬥，這是魂師在戰鬥時的優勢。」北御前趁機教導道。

當然，如果魂器能進化到最終……那將又是另一種局面。

只不過在這個大陸，是不會出現那種魂器的。

「這麼說來，武師對戰魂師，能得勝的機率，比較低呀。」

「那倒不一定。」北御前解釋：「任何一場勝負，都沒有絕對。就魂師與武師本人而言，同階、同魂力，晉級所需要的修練與魂力蓄積的過程並沒有差別；但武師之路，追求的就是自身能力的變強，這和魂師可以借助魔獸、相輔相成的力量與戰技，有很大的不同。」

簡單來說，武師實力高，等同自身戰鬥力的強悍。

但魂師的實力高，卻有一半會倚重契約魔獸的強弱，在修練的過程中，很容易忽略對自身力量的鍛鍊。

而戰鬥場上，除了實力與優勢，還需要運氣。

縱使實力足夠，在戰鬥時，也不要輕易看輕任何一個對手。輕敵，乃是大忌。任何時候都不要犯這樣的錯誤。

這也是北御前一再提醒她的。

「我明白的，北叔叔。」端木玖一聽就懂了，抬頭對他笑了一笑。

「嗯。」北御前再加一句提醒：「還有，不管妳在哪裡，遇到多危急的情況，也不要忘了，最少要留一分力注意四周的變化。」尤其在身邊沒有可以信任的同伴，也沒有人可以掠陣的時候。

「北叔叔，我懂得。」端木玖輕笑。

北御前很滿意，眼神掃過四周。

那些聽令的子弟們就不說了，但那幾個長老們，除了關注戰況，同樣也留意他和小玖。

伺機偷襲沒機會，見他們暫時沒有要逃跑的意思，長老們也就繼續按兵不動。

小玖早就注意到他們的反應，才會遲遲沒出手。

比起打這群人，當然是六哥的安危更重要，所以她看得很認真，對聖階的實力，也多了一點了解。

被她抱著、看著她那麼專心看打鬥的小狐狸突然出聲：

這個渺小的人類，不怎麼強。

小狐狸一貫批評。

但——「渺小」？

小玖再看一眼三伯的身形，覺得這等強壯高大的外型，實在和「渺小」兩個字扯不上什麼親戚關係。

所以，她只是很中肯地在腦子裡回道：

他是我目前看過的人當中，武技最好的一個。

是嗎？

但是她的語氣、她的心情，小狐狸完全感覺不出她有讚嘆耶。

嗯。只是……

就算是目前最好，以小玖挑剔的眼光來看，這棍法還是有點兒……一言難盡。

前世，雖然她不是專攻武學的人，但是巫氏一族的傳承裡，鍛體習武始終是基本，只不過有人是認真鑽研、有人就只將它當成強身健體在每日一練而已。

小玖雖然不鑽研武術，但她的武力值卻不低，對於各種武器應用，也有一定的了解和基礎。

要棍，不是只耍蠻力的好嗎？

那個橫劈過去，可以借勢收回或者轉棍再擊，那個每一棍一揮到底，完全不留餘力什麼的……

那是長棍，不是大錘啊！

一劈到底什麼的……不要把長棍當斧頭啊！

這麼一連串下來，雖然其他人覺得沒什麼，甚至覺得崇拜不已，小玖看得卻是滿眼尷尬。

她瞬間領會了三個字：「辣眼睛」。

偏偏這樣在她眼裡缺點很多的棍法，也對端木凬造成了很大的壓力。這點，從開打到現在，端木凬一直只能閃躲，做不出有利反擊的動作中，就可以看出來。

一般人旁觀，可能認為他閃躲得很輕鬆，看起來飄逸輕鬆又自在，一點都不像是在跟人比鬥。

但在北御前與長老們眼裡，當然看得出誰深誰淺。

「蠻力也是力啊……」小玖不禁感嘆。

就算是美感嚴重缺乏又靈巧不足的棍法，也是一力降十會。

光憑端木定灼能發揮出的力量，就足夠壓制端木凬。

慶幸的是，端木凬雖然實力不及，但是在速度與敏捷上占有優勢；兩人對戰起來，各有千秋。

但是完全被動地閃躲，對端木凬來說，戰況比較不利。

「的確。」北御前正好聽到這一句，很認真地分析給小玖聽：「就魂階而言，六級的差距，是絕對的優勢；再加上端木定灼本身就很擅長棍法，對於魂力的應用比一般聖武師更加熟練。端木凬要越階挑戰，難度很高。」

「他這樣真的算是——很擅長棍法？」小玖伸出食指，指著端木定灼，表情有點呆。

「不錯。」能修練到聖武師，每個聖武師都有自己一門獨特的武術。

端木定灼就靠這手棍法，傲視天魂大陸。

端木玖：「……」

單看棍法，她真的很難……佩服這位三伯。

但是再看得仔細一點，她卻看出了那麼一點點不同。

雖然無色無形，但是通過端木定灼所施展的棍法，棍身本身是挾帶魂力的；如果端木風閃躲的距離太近，就會被這股魂力所震傷。

這股附帶的魂力，不是揮動所引起的氣流變化，而是棍身本身在攻擊的時候，就挾帶的。

「這……算是魂力應用嗎？」她猜。

「妳看出來了？」北御前很驚訝。

一般人只知道端木定灼的棍法無敵、威力強大，卻不知道無敵的原因是什麼，小玖竟然看出來了?!

小玖卻搖了搖頭。

「我只看出雖然三伯的攻擊老是落空，但如果六哥閃避的距離不夠遠時，行動就會有點矛盾的遲緩，至於三伯怎麼做得到的，我就不知道了。」

雖然棍法稱不上靈巧，對力量的運用也不算完美，但是端木定灼攻擊到近身時，都會讓原本很靈巧的端木風的動作產生瞬間的停滯。

這種停滯很細微，不細看很難發現；但是兩人對戰一久，這種情形就愈來愈明顯。

看似端木風次次閃避及時，毫髮無傷。

但是事實上，小玖認為，六哥現在恐怕已經受傷了。

這就是端木風至今還是只能防守，無法有效反擊的主要原因。

「能看出這一點，已經比很多人都強了。」北御前很欣慰，連帶想到她之前的比鬥。「妳的劍技也進步很多。」

他以前有教她這麼多嗎？

西星山脈三個月的歷練後，對比起要離開西岩城之前，小玖的武技威力簡直一日千里！

「師父教的。」小玖笑咪咪的，當然還要加上魂器的威力。

北御前一聽，就立刻理解地點點頭，「原來如此。」

小玖的師父、也就是奎一的師父，本來就是天魂大陸上鼎鼎有名的高手。

尤其他如果真是「那個男人」，那小玖的劍技會突然變得這麼強，就更不必奇怪了。

那個男人「傳說中的很強」，有很多種，每一種都會引來無數羨慕與嫉妒加追捧——呃，小玖學他什麼本事都沒關係，只有一點，千千萬萬不要學……

北御前自動把她的厲害合理化了，小玖暗暗吐舌，有點小心虛，但下一秒，她臉色一變，突然轉頭。

北御前跟著看過去，就見站在某個長老身側的端木忠悄悄舉起手，準備偷偷發出攻擊——

北御前長槍一掃，地面上立刻劃出一道痕跡，直直延伸至那些長老面前。

「端木忠，你想對誰動手？」

其他長老和小弟們一轉頭，正好看見他收回的手勢，臉色頓時有點難看。

「忠長老！」

在別人比鬥時發出偷襲，最為人所不齒。

之前他偷襲九小姐，可以說他是愛女心切；但現在——他竟然想傷害六少?!

九小姐和六少，情況完全不同！

如果他真的傷了六少，那麼他們這一群人，全都難逃執法堂的制裁……

「只有先抓了六少，他才不會和三爺產生更大的衝突。」既然被看見了，端木忠也不掩飾，一點也不心虛地說道。

偷襲又如何？只要能達成目的，他不在乎用手段。

尤其是……他暗暗看了端木玖一眼。

小玖發現了，但並不在意。

基於她剛才把人家的女兒打成重傷，現在被恨成仇人，很正常。

但小狐狸就沒這麼平和了。

不懷好意，等於仇人，等於——必須消滅的對象。

小玖感覺到小狐狸的想法，伸手摸了摸牠。

不急。

其他長老非常不贊同地看著他——

「那並不代表你可以趁人不備時偷襲。」

「六少是我們家族中重要的嫡系子弟，不是敵人。」

現在不是爭勝負的比鬥場，也不是要爭個你死我活的生死鬥，對付自家人用得到偷襲這種招數?!

太過了。

周圍的子弟們也跟著點點頭。

「行，那留下九小姐的任務，就交給你了。」端木忠冷笑一聲，立刻後退到最後方，一副撒手不管的模樣。

其他長老皺了皺眉，看了九小姐和北御前一眼。

「九小姐，妳現在答應留下，還能阻止三爺和六少之間的決鬥。六少是打不贏三爺的，妳不希望六少受傷吧？」長老勸說道。

「我現在答應留下，六哥不就白打了？那多傷六哥的心呀。」小玖一臉純潔地回道。

「……」停止無謂的決鬥和傷心，這兩個有相關嗎？

「而且，該留下替三伯完成聯姻心願的，是端木縈縈，不是我；你們與其在這裡守著我，還不如去找端木縈縈。」

「縈縈不會代替妳嫁人。」端木忠不得不出聲。

「比鬥約定有言在先，輸了，你們想不認帳嗎？」端木玖淡淡問道。

「不是不想認帳，而是，陰家主希望聯姻的對象，是九小姐。」一旁的長老語氣和緩地解釋。

威逼和命令，對九小姐沒有用，而且還有六少和北御前力挺，雙方硬是衝突對大家都沒好處。所以本來想「以力服人」的長老，決定換個方法，試試看動之以情、說之以理。

陰家主？那個女人……

北御前微瞇了瞇眼。

「她希望我聯姻，我就要答應嗎？」

「九小姐，聯姻對象不是隨便挑的，也不是誰都可以。縈縈雖然是忠長老的女兒，但是她並不是嫡系子弟，在身分上就不符合。站在家族的立場，兩家聯姻是好事，對兩家都有利；而要迎娶妳的人，是陰家主的弟弟，在身分上，絕對足夠與妳匹配。」

「沒興趣。」

「九小姐……」

小玖抬眼，淡淡地看向那幾名長老。

「你們該不會認為我年紀小、見識又不多，只要用點心哄騙幾句，就可以讓我改變主意吧？」

「……」的確是有這麼想，但這麼明白說出來，長老們還是有點心虛的。

「各位長老真是好天真——無邪啊！」

天真無邪？

長老們眼神唰唰唰，齊齊看向她。

什麼意思？

「這是稱讚。」

「……」他們信了才有鬼。

從她踏進大門開始到現在，她表達得這麼清楚，他們還認為她年輕好拐，這不是「天真無邪」是什麼？

「各位長老滿腦子為家族好，為家族不惜集體變身媒公，這點精神，很值得敬佩。」小玖鏗鏘有力地說。

「媒……公？」長老們臉有點黑。

「只有媒人才會那麼認真又不死心地為同一個人一再說合。」他們不想當「媒公」，難道覺得「媒婆」比較好聽？而且，「當媒人都會得到謝禮，相信陰家那邊一定也給了你們很好的謝禮吧。」

這個……就有點不好宣之以口了。

但是他們堂堂長老，絕對不是給點好處就能被收買的。

長老特別板正表情，一臉正直光偉地解釋：「九小姐，妳誤會了，聯姻對家族發展有利、對家族成員也有利，所以我們才會贊同三爺的主意。」並不是為了私利。

「沒興趣。」她說過很多次了。

這群長老們是自帶耳塞聽不見別人的拒絕嗎？還是年紀大了耳昏腦鈍地聽不懂拒絕？

「……」這像揮揮手打發人走的語氣……長老們憋氣。

「九小姐對聯姻沒興趣，那您也不在乎六少的安危嗎？」端木忠語氣陰陰地問。

端木玖回過頭，就看見端木定灼一手持棍，飛身由上而下，揮出一道白金色的棍痕，半月形的攻擊，完全涵蓋端木風能閃躲的範圍。

端木風避無可避！

就在棍痕逼到他面前那一刻，在他手上頓時出現一把淡金色的長形武器——戟，戟身一轉及時護身，「轟」一聲，棍痕頓散。

兩人飛上空中，近身又是好幾次攻守。

「很好。」看見那把易天戟，端木定灼眼神戰意更盛。「就讓我看看，離家十年，你到底長進了多少。」

話聲一落，端木定灼手中的長棍漸漸發出耀眼的光芒，貫通天地，將整個演武場照得發光發亮。

最先發現到這股現象的，就是端木家族的人。

東邊：「發生什麼事？」

西邊：「是北邊的演武場！」

南邊：「這種時候，是誰……？」

「簡直放肆！亂來！」

一道人影喝斥一聲，放下茶杯，自執法堂中飛身而出，身後緊跟數人，同時奔向演武場。

端木定灼的魂力，引動渾天棍的增幅功能，讓渾天棍發出的光芒，更亮熾三分。即使距離數十丈遠，北御前和端木玖、端木家長老們以及眾子弟仍然感受到一股快要窒息的壓力，視線被光芒照得完全看不清。

「三爺……真的出手了。」更正確一點的說法：是三爺要出殺招了。

北御前拉著端木玖，再度後退了一點，將她護在身側，看著端木定灼的眼神皺了一下。

「北叔叔？」

「聖武師的魂力，威力增幅，希望端木風扛得住。」但端木定灼這一擊並沒有用盡全力，但利用增幅的功能，威力已經達到七階。

端木玖一聽，第一瞬間很想衝出去，但是端木定灼已經出招了。

「渾天——破！」

白金色的光芒彷彿匯聚了天地之力，由小而大，在棍尖凝聚成一顆巨大的光球，轟向端木風。

端木風不敢大意，神情看起來好像仍然輕鬆恣意，但是眼神卻是極度冷靜。

在端木定灼出棍同時，他手臂一動，易天戟凝出虛影，以大於原戟好幾倍的威力，疾刺而出！

光球在空中撞上戟影，發出一聲巨響——

「砰！」

強烈的氣勁同時散開，震退在空中對戰的兩人。

而寬敞的演武場，則再度遭受一波掀動地表的震撼。

「轟……」

「哇……」

「來、來了……」

不只是被當成擂台的那半場，連北御前與長老們所在的另半場，同樣被氣勁波及，地面翻動，塵沙頓時飛散滿天。

北御前第一時間摟住小玖，從空中往後方飛退出演武場。

「六哥——」

「所有人立刻離開演武場！」長老們同聲下令，自身也飛快後退。

「快跑！」端木家的護衛與子弟們看見這種情況，立刻轉身，爭先恐後地衝出大門。

身後則是一連串的崩倒聲。

「砰！」

「轟！」

逃出演武場又飛奔了幾十丈遠的子弟們覺得安全了，才陸續回過頭。

演武場的大門，不見了；演武場的圍牆，也倒了。

他們的演武場，這是垮了吧！

而演武場內，一片煙塵漫天，什麼也看不見，但霧濛濛的半空中，卻一左一右，隱隱閃著兩道光芒，愈來愈熾。

「那是——」

有人認出來了。

「三爺？」光芒長長的，像棍子。

煙塵漸散，另一邊的光芒也顯出形態。

「六少在那裡！」

發出光芒的是——戟尖！

剛才，只有三爺一顆光球。

現在，是兩顆。

想到剛才那顆光球的威力……圍觀子弟們臉色都變了。

他們退得夠遠嗎？要不要再退遠一點？

兩方凝聚發出的光芒，連在端木家族地外的人，都隱約看見了；各方都是一陣驚疑猜測。

端木家這是在搞什麼？

對戰練習嗎？

但是對戰練習，會把陣仗弄得這麼大？

還是端木家被人挑釁了？

但這種大比前的時期，誰會沒事上別人家挑戰，而且還是打進別人家的族地？

還是……端木家藏了什麼王牌子弟，正在全力修練、準備在大比上一鳴驚人？

這麼一想，這事必須查清楚。

於是好幾家大大小小的家族，明的暗的派了人快速潛行接近端木家族地。

但是端木家族地外圍很和諧，什麼事也沒有，該有的守衛和巡邏一樣都沒有改變，就連一些子弟相約出門、邊走邊談笑的場景也沒變。

內外都很和諧，一點也看不出有什麼被挑釁或被找碴的事發生。

那——就很有可能是後一種猜測了。

就不知道這個人會是誰？

就在圍觀子弟們心頭惴惴的時候，站立在演武場上空的兩個人也蓄力完畢——

「渾天——」端木定灼猛然灌力於棍。

端木風手中戟身一震！

兩人同時出招。

「破！」

「咻！」戟光迸射。

一聲大喝猛然傳來：「住手！」

第四十七章 闖禁地（一）

於此同時，一道人影迅速介入兩人中央，周身魂力一震。

「砰！」

「轟！」

一推一揮，沒給兩個大招撞在一起的機會，就把它們統統拍到地面上，直接造成演武場的地表三度傷害。

又被掀了一層。

這時候如果有人仔細看，就會發現，現在演武場裡的場地，可比原來的低了整整三個階梯的高度啊！

可惜現在沒人注意這個，現在大家注意的重點是——

「大長老？」

「是大長老！大長老來了！」

真是……太好了呀，圍觀子弟們簡直感動得熱淚盈眶。

他們的生命安全終於有保障了啊！

這下他們也不用再煩惱萬一真的要跟六少動手，他們到底要動不動的糾結了，大長老不會允許的。

而且……他們本來就打不過六少，也沒有把握用人海戰術就能贏六少呀——這是自知之明，絕對不是因為他們沒志氣。

大長老來了，九小姐的事應該也可以解決了吧。

到底嫁不嫁的，也不用爭了吧。

想到這裡，眾圍觀子弟們，紛紛偷偷鬆了半口氣。

但是長老們和端木忠：「……」不太妙的直覺。

大長老來了，這局面要怎麼解決？

視線一致轉向三爺。

就見端木定灼反手收勢，長棍收在身側。

「見過大長老。」

「大長老。」端木凰也收起長戟，禮貌而尊敬地行了禮。

大長老環視周圍，尤其是退到演武場外的子弟們以及——很顯眼、很久不見的北御前和他身邊的小女娃。

大長老對小女娃兒沒印象，但是能讓北御前那麼護著的小女娃兒，不用猜也想得到是誰。

最後，是地表被掀翻的程度——

大長老的視線默默回到左右兩人身上。

「你們兩個這是做什麼？」這種程度，稍微體嬌氣弱一點的，已經在地上躺平了。

大長老才剛說完，追著一同前來的幾人也趕到。為首的，是一名看起來大約二十三、四歲的女子，其後是一名慢了三步距離的青年，以及數名端木家子弟。

一停步，看見現場這種快把演武場給翻了的戰況，以及大長老那張可以凍人的冷臉，眾人就默默站在一旁，也不敢往大長老身邊湊。

「只是意見不合，以勝負論定罷了。」端木定灼輕描淡寫地說道。

這話一聽，就知道完全避重就輕，完全在唬人！

大長老看向端木風，「你說。」

「三叔想和陰家聯姻，我不同意。」雖然三叔沒騙人。

「聯姻？」大長老唬地轉向端木定灼，沉聲問：「誰要聯姻？對象是誰？」

陰家女人最多。

陰家的女人，配風兒？

「是小玖。」

「小玖？」大長老皺了下眉頭，眼角瞄見北御前，頓時福至心靈：「九小姐?!」

大長老更皺眉了。

族長閉關前，沒提起過這件事。

一直以來，定灼的心思、與各家族之間的往來、與陰家的牽扯，還有他不服輸的性情……

一瞬間的心思流轉，大長老已經想到很多種情況，「定灼，風兒說的是真的？是你決定的？和陰家談好的？」

「是。」端木定灼坦然承認。

「族長知道嗎？」

「父親出關後，我會親自向他稟告。」

那就是不知道了。

「九小姐的婚事，自有族長決定，無論你與陰家商談到什麼程度，現在都停止。」大長老直接下令。

「不可能，聯姻一定要進行。」端木定灼拒絕。

「除了嫡系子弟，要聯姻的人選，你可以選定。」大長老讓了一步。

「小玖是最好的人選，也只有她的身分最適合。」

「不行。」大長老不同意。

「大長老，對小玖的未來而言，這是最好的安排。」端木定灼強調。

「不行。」大長老連考慮都沒有。

「為什麼？」

「九小姐的未來，有族長、也有她的——父母，自然會有安排。」大長老說道。

不管「他」在哪裡，命牌猶在，人就在。

「他」的女兒……如果真沒有修練天分，就讓她過得無憂無慮，不要捲進各家族之間的事。

「大長老，四弟小時候跟著您修練，您一向偏疼四弟，這我沒有異議；但小玖的情況和四弟不同，她也是家族的一分子，對家族有利的事，她自然也有配合的義務。」

「是不是有利，自有族長論定；族長不在，還有眾長老。這件事，沒有經過所有長老同意，便不能作數，到此為止，你們不許再為此事爭鬥，否則，無論是誰，都以『擾亂家族』之罪處置。」大長老威嚴地道。

「大長老——」

大長老瞪視他一眼，制止他的話。

「什麼話都不必再說，等收拾好演武場，到執法堂來找我。」這件事，他要知道全部過程。

「……是。」端木定灼只好應道，將渾天棍收回。

「風兒，回來了，就好好休整，有任何事，都晚點再說。」

「是，大長老。」長戟同樣自端木風的手中消失。

「北大人。」大長老再轉向帶著端木玖飛身到近前的北御前，然後看向端木玖，「這是九小姐吧！」

她的五官，沒有特別像「他」。

但是眉宇間的神態，還有一種——無法言喻的直覺，就是讓大長老對她有種天然的好感。

北御前低頭，對著小玖示意地點了點頭。

「小玖見過大長老。」端木玖抱著小狐狸，就乖巧地對大長老行了個禮。

大長老愣了一下。

「九小姐，妳……好了？」

「我很好。」她乖巧地笑。

「好……好。」大長老很高興。「妳的院子，還留著，可以先回那裡休息。其他的事，都晚點再說。」

端木玖看看北叔叔、又看看六哥，兩人都點頭了，她才回道：「是，大長老。」

大長老欣慰地對著她點點頭，最後才威嚴地看向其他人，「若無其他事，都散了吧！」

被掀翻地皮的動靜，引來查看的家族子弟們聽到這句話，立刻收斂好奇心，悄悄退散。

大長老，就是族長不在的時候，家族的最高領導人。

實力高、輩分高、聲望高、權力也很高。

不想去執法堂「免費參觀旅遊」的，大長老的命令，一定要聽。

見到這種情況，大長老很滿意，才轉身離開。

跟著大長老前來的幾個年輕男女，也默默轉身跟著大長老又回去。

只有剛才第一個趕到的女子，在臨走前又轉身回來，對著小玖說：「四弟被關入禁靈山，妳一點都不關心嗎？」

端木風一聽，臉色微變。

端木玖一愣，看到六哥的表情後，轉為狐疑。

「四哥為什麼被關？禁靈山是什麼？」

「為了妳的事，四弟去闖修練塔，結果還沒找到族長，就先被大長老帶出來，入禁靈山是對四弟的處罰。」既然開了口，她乾脆就說清楚了。

「禁靈山在哪裡？」端木玖立刻就問道。

女子以奇異的眼神看了她一眼。

「妳問這個，難道想闖禁靈山嗎？呵，別打這種主意。」語氣一頓，她又說道：「不過，如果妳真有這份心，四弟——也算沒有疼錯人。」說完，她轉身就離開。

「六哥，禁靈山在哪裡？」可以問的人跑了，端木玖換一個問。

「小玖，妳跟北叔叔先回院子，四哥那裡由我去。」

端木玖搖頭。

「六哥，你剛才受傷了，才應該先回去休息。再說，如果四哥是為了我才犯忌諱，那我不能什麼都不做。」

儘管那個女子沒有說得很明白，不過端木玖大概猜出來了。

難怪四哥一反之前跟緊緊的態度，在東城門的時候，就直接與端木家的人先行離開。

原來，是想找族長出來，為她作主吧！

修練塔，一聽就知道是不能被打擾的地方，四哥偏偏去闖，也是故意驚動別人的吧！

結果被處罰。

這個四哥……好笨……

笨得，讓端木玖的心頭揪揪的。

「妳想闖禁靈山嗎？」

「嗯。」毫不遲疑地點頭。

端木颪：「……」只能嘆氣。

這麼一副堅決的表情，根本勸不住的吧！

但其實，知道四哥被罰，他也會去的。

「我帶妳去吧。」

一起。

如果一定要被關禁靈山，三兄妹一起，也比較不寂寞嘛！

◈

一回到執法堂，大長老就坐在原來的位置上，想著端木傲說的事，臉上的表情有些沉。

跟著回來的幾名青年男女，見大長老臉黑黑、不開口，也都各自默默默散開，繼續之前正在做的事。

只有其中一名想開口說什麼，卻被正好回來的女子拉住，對著他搖搖頭。

青年猶豫了一下，才默默走到一旁去。

此時，才有人自堂內走出來，一臉呵欠地坐在大長老對面，拿了另一個杯子，搶了他的茶壺，倒來喝一口。

「怎麼了？」他很久沒看到阿匡臉色這麼黑了。

「你終於睡醒了。」還好，這次只有五天，還沒有破他個人的最長紀錄。

「呵呵呵～我很想繼續睡，不過外面太吵了；你還沒告訴我，發生了什麼事？」

別以為他在內堂裡睡覺，隔音很好，就完全感覺不到外面的異動。

砰砰兩聲，他還是有聽見的。

「定灼和小風打起來了。」大長老簡單地說道。

他喝茶的動作一頓，稀奇地張大眼。

「小風回來了？他和定灼怎麼會打起來？」小風雖然率性，但不是個好戰的，再不爽也不會輕易對長輩出手。

一定是定灼做了什麼讓人忍不下去的事才會這樣。

三兩下，他就在心裡把罪過歸給端木定灼了。

「不只小風，還有阿傲，也被我關進禁靈山。」

這下他真的驚異了。

「你把阿傲給罰了?!發生什麼事？」

「他闖修練塔，還說……」大長老把端木傲的話，簡單說了一下，還有剛才演武場上的情景。

雖然大長老表現不明顯，但他可知道，這一代的子弟中，其實大長老最偏疼的，就是小風和阿傲。

尤其是阿傲，看著很冷很笨拙、不會吵不會鬧不會說好聽話、只熱中修練的孩子，也是最實心眼的老實孩子。

可還真是……實心眼兒！

出這種事不會找他或直接找大長老，他就只想出闖修練塔這種招兒？然後為這點小事被關了禁閉?!

不用說，他一定乖乖去了。

真是連「笨」字——都不忍心拿來批評他了，只能說，阿傲真是個實心得不能再實心眼兒的孩子了。

這事要換成是小風，大概就不是這麼做——啊對，小風是沒有闖禁靈山，他直接找定灼打架去了。

這兩兄弟……真是呵呵呵的。

他撫額。有點頭痛。

「年少氣盛，你看開點兒。」看著有人比他的表情更苦惱，大長老就有心情安慰人了。

他白了大長老一眼。

「你打算關阿傲多久？」

「到大比前三天。」免得阿傲腦一熱又做出什麼事，影響了大比時的出場。

「這樣好嗎？」禁靈山可不好待，也不是個適合修練的地方。

「這是最合適的處置。」

大長老心想：這種時候進禁靈山，對別人來說可能是大災難，但對阿傲來說，就不見得了。

他突然懂了。

「大長老，你真是——」老狐狸一隻呀。

後面的話還沒說出來，就聽見外面一陣喧譁。

大長老有不妙的預感。

突然想起來，不久之前，他好好地在這裡喝茶，結果就有人來報，說阿傲闖修練塔了。

然後好好地在這裡喝茶，「砰砰」兩聲，演武場打起來了。

那現在——

一名執法隊員匆匆奔進來。

「稟大長老，六少……帶人闖禁靈山，我們……有點攔不住。」

大長老黑臉。

很、好！

打定灼不夠，這會連禁地都敢闖，簡直無法無天了！

「大長老，息怒、息怒。」撫額的沒時間頭痛了，連忙倒水，拍拍大長老，安撫道：「年少氣盛嘛，你看開點兒。」呵呵呵。

完全抄自剛才被安慰的詞。

大長老：「……」完全沒有被安慰到，只覺得一陣火又冒出來。

「這兩兄弟——」咬牙的表情，但大長老突然想到：「闖禁靈山的，六少還帶了誰？」

「還有……九小姐。」來報的執法隊員，小小聲地回道。

第一次見到長大後的九小姐，看守禁靈山的成員們，幾乎個個都被震撼到。

傳說中九小姐是傻子，但是——她一點都不傻啊！

不但不傻，還很漂亮可愛嬌憨，看起來好……就是好可愛！

但是接著——

論一劍被打退的感覺——他們傻眼！

那一隊看守護衛的隊長當機立斷，一邊攔人、一邊就叫人回來稟告兼搬救兵了。

「……」大長老磨牙。

這三兄妹……

簡直豈有此理！

大長老不能隨便罵小輩，只好一拍桌，就又飛出去了。

「噗……」呵呵呵的人偷笑。

哎呀，真是好久沒看過大長老氣急敗壞的模樣了呀！這群小子夠能耐，今天把大長老給惹變臉了。

真是「青出於藍」啊！

「叔公……」一旁的女子無奈。

現在是笑的時候嗎？

啊對，不能只顧著笑，會錯失精采畫面。

「我們快跟去看看。」立刻也飛出去。

小六和小九，能進得去禁靈山嗎？

端木家族地上空，三道人影加一道紅光飛行而過。

「小玖，妳……已經是天武師了？」看見小玖那麼輕鬆就飛上天，端木風驚異了。

就抱著那隻小狐狸，輕輕一躍就騰空了。

而且飛行的速度一點都不慢，「咻——」就過去了，不見人影的那種。

看起來輕輕鬆鬆。

既沒有借助魔獸，也不用任何魂器做助力，就單純地以自己的魂力飛行。

對於速度與魂力，端木風有比一般人更多的領悟，小玖能跟上他的速度，這已經很令他驚異了。

雖然無論什麼樣子，他都將她當成唯一的妹妹疼愛。

但是小玖有實力更好！

「這個，我也不知道。」小玖很無辜地回道。

「不知道？」端木風一愣，埋怨地瞥了北御前一眼。

您怎麼連這個都沒有教小玖呀？

至少也要她去測試武階吧！

「小玖至少有天武師的實力。」對著被埋怨的一瞥，北御前淡定回道。

「至少？」端木風抓到關鍵詞。

「小玖一直在進步，能勝過天魂師，比鬥一直沒輸過，這樣就可以了。」

端木風：「……」

好吧，在這個實力重於一切的世界，能揍人總是比只能被人救來得好，他就不計較了。

你把我一個漂亮可愛的讓人疼愛的軟萌妹妹朝女漢子培養，這樣對嗎？

軟妹妹是妹妹，女漢子也是妹妹，端木風很堅強地接受了這個設定。

北御前才不管他的心理活動。

小玖的武階，不是他關心的重點。

他比較關心的，是小玖的魂力。

只是一直到現在，他還沒有機會好好再測試小玖的魂力。

這讓北御前特別討厭找麻煩的端木定灼。

都是他，害得他不能好好帶小玖修練、沒時間好好觀察下判斷。

「小玖和哪些人比鬥過？」端木風關心的重點轉移，問妹妹。

「剛才在演武場的端木縈縈、還有天耀城的……什麼管事。」不太重要的人，名字她不記得了。

至於在樹林裡那一干世家子弟、在傭兵小隊遇上傭兵隊小小切磋了一回的事，這種小狀況都可以忽略。

「端木聰？」看向北御前，確認一下。

「嗯。」北御前點點頭。

這場比鬥他沒有親眼看到，但是聽小玖提過，他還問得特別詳細；對於小狐狸能一把火燒掉一個天魂師的狀況，心裡特別驚訝。

為此他還特別多看了小狐狸好幾眼。

結果小狐狸是趴在小玖懷裡，被抱著瞇眼睡覺，同時還特別轉換角度，拿後背對著他。

當時，北御前非常明顯地感覺到，自己被嫌棄了，臉上的表情不由自主地抽了抽。

但是端木風聽得開心了。

「小玖好厲害。」他讚美。

「六哥才厲害。」

「妳比較厲害。」端木風摸摸她的頭。

聽說從她恢復到現在還不到半年，就能打敗一個天武師和地魂師，這種實力提升的速度，該說——她真不愧是四叔的孩子。

十五歲的天武師。

這天賦和四叔一樣兇猛！

短短幾句話的交談間，他們一路避開人多與巡查的地點。

端木玖一邊緊跟著六哥，一邊打量整個族地。

而且一路飛過，端木玖暗暗咋舌。

即使沒有細看，端木家族的人同樣多得比她想像中還要多。

不得不說，如果每個家族的族地都這麼大，再加上那些公會、居民等等，整個帝都的範圍，大得超過小玖原本的想像。

就連人口，也多得讓人很難想像，這麼多人擠在同一個城市裡。

「好多人。」

「會嗎？」即使在前面帶路，端木風也沒漏聽小玖的感嘆。

「嗯。」小玖一臉認真，「我以前都不知道，族地這麼大，族人有這麼多。」

「族地有好幾個演武場，加上各種用途的屋舍、居住的地方……不大一點，怎麼住得下？」端木風一點都不覺得有多大。

事實上這幾年來，族地還有點不太夠住的傾向。

「至於族人，妳現在看到的，的確比平常多。」因為大比的緣故，許多平常在外地，但有資格參加大比的族人都陸續回到帝都。「不過這些人全部加起來，還不足族人數的十分之一。」

哇！

這裡至少好幾萬，或者十幾萬人，不足十分之一的意思是，端木家族有好幾十萬、甚至上百萬人?!

「這是保守的估計。」看著小玖瞪圓了眼的表情，端木風忍不住笑了。「這只是概算中州的部分，分住在東、西兩州的族人數不包含在內。」

「……」好龐大的家族。

「一個家族的強弱，除了實力，族人的數量也是重點之一。在天魂大陸上，我們家族的族人數也不是最多的，夏侯皇室、公孫家族、歐陽家族的族人數，和我們大概差不多。而其他二、三流、大大小小的家族人數加起來，比我們這些家族還多。」

而更龐大數量的，是一般人民。

人多力量大，就算是打群架都很占優勢。

小玖點點頭，表示理解了。

在這個注重修練和實力，並不重政治體系和科學技術的異世大陸來說，家族的分量、血脈的連繫，遠比一切利益或共同目的結合而成的組織來得更加牢靠，也更不可分化。

三大家族和夏侯皇室，不說實力，連族人數、各種項目的評比上，也是輾壓其他家族的。

皇室與三大家族，可以說是天魂大陸上，實力最強的四大勢力，其他能相提並論的，只有各大公會。

這一點，從帝都居住區域的分布上，也大致可以看得出來。

端木玖對自家的家族有點了解了，轉而問道：「修練塔、禁靈山，是什麼樣的地方？」

只憑名稱，不難判斷出這些地方的用途；但她更想知道，這兩個地方會對修練者產生什麼特別的作用。

「這兩個地方，都是家族禁地。修練塔，可以說是整個族地中最珍貴的地方。這個地方，不但傳承數千年，同時也是整個族地裡靈氣最濃、也最利於魂力修練的地方。」

不只是端木家族。夏侯皇室與其他二大家族，甚至是大陸上其他大大小小的家族，幾乎每個家族都有這樣一個地方。

差別只在於靈氣範圍大小與濃度有高低程度的不同而已。

這個地方，能讓魂師與武師比平常更快提升魂力，晉階速度也更快，可以說是一個家族的底氣，也是一個家族中最重要的地方。

要進修練塔修練，除了馬上要突破的人之外，必須是要有立功，或對家族有貢獻，得到獎勵才能進入。

在家族中，只有家主與長老們不受這個規定的限制，但是要閉關修練，必須輪流才可以。

除了顧守的成員，家族中的任何子弟都不能隨意進入或接近這個地方。

「至於禁靈山，真的，就只是一座山。」

「一座山？」六哥的語氣聽起來怪怪的，莫非這座山很有故事？

第四十八章　闖禁地（二）

對著小玖，端木風詳細說道：「這座山，據說本來就存在。很久以前，當帝都落定在這裡、各家族劃分族地時，這座山因為所處位置，就被劃入端木家族的族地範圍內。」

帝都的存在，大約萬年左右，而這座山的存在，遠在帝都建立之前，所以它究竟存在多久，沒有人知道。

也是在這座山被劃歸在族地裡之後，當時的家主才慢慢發現這座山的不同。

首先，明明看起來是一座平凡不起眼的山頭，卻有自己的四時變化。

會淹大水，會土地乾涸，會變成火燒山，還會變成雪山。

不只景象不同，氣溫與環境也有極大的落差。

水氣瀰漫時，禁靈山會像在淹大水，林木瘋長，山川河流旁的岩石還會有綠蘚、魚蝦等生物，整座山一片綠意，生氣盎然。

三個月之後，整座山會突然變乾涸，木枯葉落，整座山充斥黃土與枯枝，生機蕭條；但對於修練者與山裡的各種動植物來說，這種乾涸時節，並不算太難生存。

但是接下來，乾涸的土地會迅速變得紅通通，然後整座山都像被火燒一樣，連土地的溫度都熾熱得足以融化毛皮，普通人根本無法在這時入山。火燒一段時間後，整座山又會在一夕之間降溫，那溫差，可以說是從炎熱火山一下子變到了極地冰窖，不只山林、連土地都會凍化成冰。

那種熾熱與寒冷的程度，都讓人不得不以魂力保護自己的身體，否則一定會受傷。

如果有人不幸在這兩種時節被處罰進禁靈山，那就絕對是去受苦受難的。

等到滿山冰雪化成水，就又巡迴到水氣瀰漫的淹大水時節，一再重複。

最奇特的是，這些變化，只限於這座山的範圍，一旦離開山區，就完全看不到這些景象。

就算山裡還在火燒山、雪蓋山，但山外，依然可以照常春暖花開。

當時的家主與長老們不斷探查這座山，卻始終沒有找到讓這座山這麼特別的原因。

後來，家主與長老們，就利用這座山的特性，劃出範圍，再花費數年時間規劃與研究，將這座山的部分地方，改成適合關押犯過者的地方，並且命名為「禁靈山」。

「有這麼奇特的山？」端木玖也驚異了，然後想到什麼，「這座山上……該不會什麼靈氣也沒有吧？」

「是。」端木颪訝異地點點頭，看向一直在小玖身後的北御前。

你說的？

北御前搖頭。

不說小玖，就連他對端木家的族地也不是樣樣了解。

一來，他並不是端木家族的人。

二來，他在這裡的唯一重點，是照顧小玖，其他的人與事，就算天崩地裂了，基本上他也是不理的。

三，他對別人家族裡的什麼秘密，並不感興趣；只要知道這兩個地方的用途就足夠了。

「我猜的。」看出六哥的疑問，小玖主動說道。

「怎麼會這麼猜？」

「就是——突然想到，隨便猜的。而且名字，也已經清楚說明啦。」禁靈，不是禁用靈氣、就是靈氣禁止嘛。

矇對了，小玖對這座山有興趣了。繼續問道：「那現在是什麼時節？」

「冰雪覆山。」端木風語氣沉沉。

說到這裡，他們已經飛過族地裡的屋舍區，一座白皚皚的高山，就突兀地出現在眼前。

就在三人踏入禁靈山範圍前一丈處，一隊身著家族鎧甲的護衛們飛身向前，攔住他們。

「停下！」

眾人落到地面。

「六少。」為首的隊長先對端木風行禮，然後道：「此處是家族禁地，若無家主或大長老手諭，禁止進入。」

「我來見四哥。」端木風回道。

「四少受處分入山，時限未到，沒有大長老允許，恕我不能放行。」隊長一臉嚴肅地回道。

「既然如此，本少只好硬闖了。」端木風也不為難他們，直接說道。

除了隊長，護衛們頓時個個把心提起來了。

六少是誰？

端木家第一天才，早早就晉升天階啦！

不但為家族大大爭光，本人的身分和實力，也是族中年輕子弟們崇拜羨慕的對象。

他們，沒人有把握擋得住六少呀。

在場能攔得住六少的人，大概只有……隊長吧！

大家把期望的眼神轉向他。

能抗衡六少者，捨隊長其誰呀！他們就不獻醜了哈。隊長，加油，我們精神上支持你。

隊長：「……」

就算他會出手也一點都不希望是這種被趕鴨子上架的心情好嗎？這群坑貨！

「六哥，要闖山的人，是我啦。」端木玖硬是把跨向前一步的端木風給拉回來。

「妳?!」端木風瞪眼。

「六哥不相信我嗎？」小玖有點受傷的表情。

「呃……」是有點不相信，也不想讓小玖動手。但是老實說了小玖會傷心怎麼辦？

「北大人。」隊長這時注意到另外兩個人了，其中一個他熟，另一個——「妳是何人？」

「端木玖。」小玖自報姓名。

「九、九小姐?!」眾護衛錯愕。

在家族裡大名鼎鼎，但近十年來已經很少有人提起，也很少有人真正見過的九小姐?!

原諒他們長年守在這裡，對族裡的消息實在不靈通，他們半點也不知道這位離開帝都十年的人已經回來了呀！

「這裡是家族禁地。」隊長滿臉不贊同地看了端木風一眼。

六少帶九小姐去什麼地方不好，偏偏帶來這裡，還說要硬闖，這不是教壞「小朋友」嗎？

到底有沒有把族規放在心上?!

「欸，看我啦，不要看六哥。」端木玖揮了揮手，把隊長的注意力轉回來。

沒名聲的人，果然就沒存在感，人家的注意都放在六哥和北叔叔身上，就算看到她了，她也只屬於「被瞄了一眼」的那種。

附帶的，忽略一下就過去了。

要和人說話還得自己刷存在感，心、酸。

「九小姐，這裡不是玩耍的地方，也不是您可以胡鬧的地方，請回。」隊長給面子地看她了，但也滿臉嚴肅地瞪視著她。

「不是胡鬧，我來見四哥。」她也一臉嚴肅。

但是嬌嫩嫩的聲音聽起來一點真實感也沒有，嬌小的外表看起來也一點威嚴的氣場都沒有，完全就是一副純真小女娃的模樣，偏偏一臉嚴肅地說話。

這感覺，有像小娃娃刻意裝大人樣呀！又可愛又好笑，讓人很想摸摸她的頭，答應她的要求。

但是，族規不能因為九小姐漂亮可愛就放水。

「沒有大長老的手諭，任何人不能進禁靈山。」忍住摸頭的衝動，隊長義正詞嚴地保持立場，但是語氣明顯委婉。

這委婉的語氣，很──溫柔啊。

冷硬的漢子、從頭硬到腳的長相，平常不講情面只論實力和族規的隊長突然溫柔起來了。

這種語氣聽在眾隊員耳裡，簡直是驚天大雷！

「我們隊長……怎麼好像變溫柔了？」他有沒有聽錯？有沒有聽錯?!

「我覺得……好像有。」

「真的有。」經過三人認證，應該就是有了。

溫柔，跟鐵的隊長，形象嚴重不合。

隊員們的心不由得抖了一抖。

他們一點都沒有覺得高興，只覺得有點驚悚。

「可能、大概是因為……對著嫡系小姐，隊長說話比較客氣。」這個推測安撫了大家一下，聽起來比較不驚悚。

「胡說，我聽過隊長和大小姐說話，語氣根本只有四個字能形容：冷硬僵直。」一個字接一個字、音調一點高低起伏也沒有，絕對是背著族規來的。又冷又硬又沒人情味。

「嗯嗯嗯。」一旁的隊員們立刻點點頭，他們也聽過。

論對背誦族規的熟練度，隊長自稱第二，全家族沒人敢說第一。

「那就是——因為九小姐比較漂亮、比較可愛、比較乖巧，隊長冷漢子的心對上軟妹子的臉，就硬不起來了？」

簡稱：英雄難過美人關。

這話一說，所有人以崇敬的表情看著他。

敢這麼明晃晃講隊長的閒話（大實話），勇士啊！

接收到眾同伴們崇拜的眼神，說話的隊員非常驕傲，但隨之，全身寒毛突然抖了抖。

一抬頭，隊長冷冷的眼神瞥過來——

糟！

一時說得太高興了，忘記就算再小聲，以隊長的耳力一樣聽得見，他這不是「偷偷說」，而是根本就在本人面前八卦他啊！

面對終於意識到自己很作死的隊員同伴，其他人集體嘆氣。

他們崇敬的眼神，是真的很崇敬啦！

崇敬這位同伴展現以實力作死的示範。

這絕對真勇士，必須點讚。

所以再送他一個「你放心去吧，我們會記得逢年過節多準備一些好料的給你，讓你不會餓到肚子」的眼神。

以實力作死的小夥伴欲哭無淚。

「我、我……隊長英勇、隊長英明、隊長真漢子、隊長以實力服人，隊長強隊長悍隊長厲害得呱呱叫！大公無私、實力堅強、端木家族最堅實的守衛說的就是隊長啦！」說完，以反省祈求原諒的崇敬小眼神望著隊長。

他現在說的才是大實話，剛才的八卦可以忽略，隊長可以原諒他一時的口誤口誤口誤嗎？

隊長、端木風、北御前：「……」

端木玖：「……」噗！

隊員同伴們：「……」捂眼，沒臉看。

不約而同悄悄把站的位置挪了挪。

他們跟他是不同掛的，請不要把他們看成同一夥，他們跟這傢伙不一樣！他們絕對沒這麼諂媚這麼能說啊！

就在眾人一陣沉默中，小玖笑咪咪地對他招了招手，「那個，你，叫什麼名字呀？」

小玖對人笑了，而且很開心，還把人叫過來了！

一直趴在她肩上睡覺的小狐狸瞬間開眼，看看是誰讓小玖開心了——原來是一個人族弱男。

再看看小玖的眼神——那是「有趣」的表情啊。

只是有趣，小狐狸覺得自己還是很大度，可以接受的，所以又趴了回去。

不過他沒睡覺了，而是半瞇著眼，就只看著小玖的神情，聽著「人族弱男」回答：「報告九小姐！」立正姿勢，「小的端木彥，執法堂第五隊成員，隸屬最公正嚴明、實力堅強、忠於家族、認真負責，對自己很嚴厲、對下屬很照顧的端木隆隊長領導之第五執法隊一員，負責顧守禁靈山。」

一段話，這小子不但介紹自己，還連帶把自家隊長的名號個性給賣了，外加對自家隊長再歌功頌德一番。

不但表達了忠誠，順便還把自己剛才的八卦言論再淡化一下，消消自家隊長的火氣。

這機巧的應變力，讓小玖稱讚他：「你，很有前途呀！」人才！

「九小姐……過獎了。」被誇了，娃娃臉的端木彥有點害羞，一副很不好意思的模樣。

一旁的隊員們反應不一。

「……」沒臉看。

「……」可以不承認這隻是他們的隊員嗎？

「……」害羞？這小子裝假的吧！明明臉皮厚得連刀劍都戳不穿！

「……」手很癢，有點想巴下去！

「啪！」隊長蒲扇般的大掌拍在他肩上。「你，很好。」

「謝謝隊長誇讚！」就算隊長的手拍得很用力、害他想咳嗽，他還是忍住了，並且站得更直更立更挺。

在偶像面前，要撐住，不能漏氣。

隊長：「……」這小子到底是滑溜還是耿直？

但是能被挑選進執法隊，這幾年來以他認真修練、對守山的任務盡責的表現，實在挑不出什麼不好的地方。

那麼，隊長決定：就當他是老實過頭的耿直吧！

「噗。」小玖又偷偷笑了一聲。

隊長放開搭在自家隊員肩上的手，默默轉回頭。

小玖眼神水汪汪的，眼裡臉上滿是笑意。

笑得隊長想當作沒什麼不對勁，都覺得對不起自己的智商。

「九小姐……很開心？」隊長發揮冷硬的腦袋回想剛才的情景，實在想不出有什麼有哪裡值得開心。

「嗯，很開心。」發現一個活寶啊！

「小彥的話讓妳很開心？」

「嗯。」小玖點頭。

「哪裡開心？」隊長決定問清楚。

「因為——」眼神一轉。「你們待在這裡，隊員認真、隊長負責，協心守護對家族來說很重要的禁靈山，一點也不因為任務枯燥乏味就懈怠——我是在為家族裡有這樣的族人感到很開心。」

這表示大家對家族的向心力很強啊。

必須開心。

隊長頓時一噎。

要這麼說，也沒什麼不對，但是隊長總覺得九小姐……應該還有什麼沒說出來的。

尤其，九小姐說話的這感覺，跟自家隊員剛才想糊弄人的感覺——根本一模一樣！

隊長整個人都覺得不好了。

他是不是被九小姐糊弄了？

「隆隊長，有這麼一個認真負責、對家族忠誠，又服從命令的好隊員，你不開心嗎？」

「……開、心。」

她都說端木彥是「認真負責、對家族忠誠，又服從命令的好隊員」了，他能說不開心嗎？

端木隆懷疑，自己是不是被套路了？總覺得他的想法好像都被帶著走了。

「開心就好。那麼，隆隊長，大家都是一家人。一家人嘛，彼此有難應該互相幫助。所以作為妹妹的我要關心一下兄長，這是兄妹和睦的表現，隆隊長一定會成全的對吧！」

對——「不對！」

差點就被拐著點頭了。

「九小姐說得雖然很對，但不適用於現在。」端木隆正色，「四少是因為犯錯被處分，才會來到禁靈山，在處罰時間結束之前，誰都不能探望；這是族規，不能違反。」

「隊長說得對！」端木彥立刻附和。

「不能通融嗎？」小玖眼神水汪汪地問道。

端木彥立刻跟著用求情的小眼神看著隊長。

端木隆差點變臉。

這什麼小眼神？剛才還附和的立場到哪裡去了？這變心得也太快了，有沒有節操啊！

這還是自家的糟心隊員。

他想一巴掌呼下去！

「不、能。」對糟心隊員變心的技能，真是咬牙切齒了。

小玖嘆了口氣。

「結果，還是要動手啊。」

端木隆立刻警覺。

小玖就怨念地看了他一眼，然後抱怨：「這世界的人，都不愛好和平；動不動想打架，真是只重視四肢發達。對著家人呢，一點同理心都沒有，簡直無情無義無理取鬧！」

端木隆聽得瞪眼。

偏偏糟心隊員還一副要哭不哭、很為九小姐難過的樣子，

「九小姐別難過……」

「……」喂喂，到底還記不記得自己的立場呀！

「小玖……」六少一把摟過妹妹，安慰：「是六哥不好，如果六哥有『能力』一點，我們兄妹，也不會總是被拒絕了。」

端木隆臉黑了。

這說得太有歧義了。

能力？是勢力吧！

意思是六少沒勢力所以被人看不起，才會沒人聽他的，這簡直是——天地良心！

「六少，拒絕你是因為族規的規定，跟其他因素無關。無論是誰來到這裡，只要沒有家主或大長老手諭，都不能進出。」這必須澄清，再一次澄清。

端木隆最討厭狗仗人勢的人，所以他做事的原則，絕對不會因為對方的身分而改變。

「我知道。隆隊長鐵面無私、處事唯族規、不畏強權、不論身分的行事風格，我聽過的。」六少的笑容，太安撫了。

安撫得——端木隆一點都沒辦法把這句話當成稱讚或安慰，只覺得自己像在被順毛——個頭！

他又不是炸毛的貓，順什麼毛！

「所以，隆隊長是一個很正派的人？」被端木風摟進懷裡的小玖抬頭問道。

「嗯。」端木風知道她問的意思，點頭。

「那好吧。」小玖有點可惜的表情。

「小玖，這——是誰教妳的？」很明白她表情下的意義，他有點頭痛、臉上似笑非笑。

跟以前木訥不理人的樣子，簡直差了十萬八千里！

「自己進化的。」嘿嘿嘿。

「自己進化？」雖然沒聽人這麼說過，但不妨礙端木風理解這種形容。

頭更痛了。

忍不住埋怨地看向北御前。

你把小玖教歪了。

就算沒有教，一定也是你做了不好的示範，不然小玖怎麼會長歪了，一直在要著人玩？

活生生的例子就是——沒看見隆隊長快被氣得頭頂冒煙了嗎？

北御前淡淡回他一眼。

最後一句是你補刀的，別以為我沒聽見。別裝正直，你明明和小玖一搭一唱玩得很開心！

「教歪」這黑鍋，北御前不背。

要是被——某對男女知道了，就算交情再好，他也是會被揍的。

顧守禁靈山的隊員們：「……」

啊？現在是什麼套路？九小姐為什麼一臉可惜？六少那是什麼意思？他們完全看不懂了。

「好吧，那只好，光明正大地來了。」小玖退出六哥的懷抱，手腕轉動了下，又摸摸小狐狸。

小狐狸主動蹭了她臉頰一下。

「我來。」端木風同樣轉了轉手腕。

要闖關，當然是哥哥上！

妹妹在一邊看著就好了，負責美美的。

「不行，我來。」小玖拒絕當觀眾。

「聽哥哥的。」

「哥哥，打架要輪流；剛才是你，現在換我了。」小玖據理力爭。

「誰說打架要輪流？」哪裡來的道理？

「我說的！」

「……」很好，很強大。端木風無言以對，只能看向北御前。

身為「奶爸」的北叔叔，勸一下吧！

北御前的回答，只有三個字：「聽她的。」

「……」這個寵女無極限的奶爸……

北御前又看了他一眼。

「受傷的人，先療傷，不是該拚命的時候，不需要逞強。」

「北叔叔說得對！」小玖立刻附和。

「……」有種被「父女」圍攻的感覺。

「魂階的差距，不是表面沒事就可以假裝沒事，療傷為先，別留下隱患。」北御前語氣雖淡，但點出重點。

這世上，天賦好的人從來不是少數，在夜空中，上升的新星也從來不會只有幾顆。但真正能閃耀到最後的，往往不多。

這道理端木風應該明白。

「六哥……」端木玖也一臉擔心。

端木風頓時捨不得了，只顧著安慰妹妹：「我真的沒事。」

「北叔叔說沒事，才真的沒事。」她不聽他的，只信北叔叔。

「呃——」有點受傷，但又有點高興，然後……有點哀怨。

「一旁調息吧！」北御前示意他到一旁去。

這場有他，不需要小伙子逞強。

端木風想了想，突然一笑。

「北叔叔，那拜託你了。」

除非事關小玖，否則北御前即使人在端木家，也不會摻和端木家族的事；小玖所需要的花用，根本都不必端木家族供給，他自己能靠做傭兵任務取得。

所以剛才在演武場，面對端木定灼，在小玖沒有受傷的情況下，他也沒有主動出手。

現在他承諾了，就表示他們一定可以見到四哥。

端木風退到一旁，一邊默默調息、一邊關注小玖。

端木玖走到端木隆面前，端木隆先開口：「九小姐，請回吧。」族規所在，他不可能放行。

「見到人，我自然會走。」還會把人一起帶走——不然就一起留下。

「本隊長並不想以長欺幼。」端木隆正直地說。

論年紀，九小姐的年紀連他的尾數都沒有。

論魂階，九小姐再有天賦也不會比六少高吧！

更何況之前九小姐還是個不能修練的……傻小姐。

跟她動手，他會覺得自己在欺負小孩，良心會痛的。

「隆隊長放心，我也會盡量不以小克大的。」人家愛幼，她回以尊老，小玖笑容滿滿的真誠。

這放心一點都不教人感到高興，但是該說的還是要說。

「職責所在，為了避免傷亡，九小姐還是請回；如果不聽勸告，後果自行負責。」端木隆冷肅地說道。

「嗯，我當然自己負責了；因為一旦我受傷了，隆隊長也負責不起呀。」小玖說的是大實話。

「九小姐。」端木隆不悅地皺眉。

九小姐想以嫡系身分嚇阻他的隊員嗎？

「比鬥時，身分是不重要的東西；這東西，你不看重，我也沒多看重。」小玖一眼就看穿他在想什麼。

「那九小姐的意思是？」

「我受傷，小狐狸會生氣的呀。」小玖嘆氣。

小狐狸一直待在她肩上，他們這是集體忽略牠了嗎？

「牠?!」請恕他眼拙，實在看不出一隻小狐狸——而且是幼小火狐狸，有什麼好怕的。

他的眼神讓小狐狸不爽。

可以燒他嗎？

不行，會很麻煩。不過，待會兒你的火可能要借我用一下。

可以。

小狐狸問都不問就同意。

「謝謝。」她輕聲說。

小狐狸傲嬌地從趴姿站起來，瞪著端木隆，眼神就不動了，但身體轉個方向，又坐回去。

哼，不許輸。

被隻小狐狸瞪，他會怕嗎？

哼！

端木隆同樣冷冷地瞪回去，右手微抬。

原本散開的隊員們，包括端木彥，全部整齊列隊，分三層站守在各自的位置上，身上氣勢陡然一變！

剛才還互相嫌棄著、說說笑笑的輕鬆表情消失，隊員們個個表情嚴肅，全身散發出銳利之氣。

這才是守衛該有的模樣。

小玖沒有自大，右手往前平舉，一柄長劍頓時出現在她手上。

「武師？而且……武階不低。」端木隆直覺判斷，抬起頭，最後再勸一次：「三位，請回。」

小玖笑咪咪的，只有一個字回答：「不。」

既然如此，不必再勸。

端木隆冷肅著表情，卻飛身退後，下令：「禁靈山範圍，禁止進入；擅闖者——殺！」

收起嬉笑表情，所有人回答也只有一個字：「是！」

答聲響亮。

小玖也不再多言，握劍抬步往前，一步再一步，不緊不慢、卻毫不遲疑，踏入禁靈山外部範圍——

列在最前方一層的十名隊員，瞬間面無表情，以半圓弧勢圍攻，直接包阻了任何一個方向前的路徑。

小玖腳步沒有停下、向前的速度不慌不亂，握劍的手橫勢一掃。

一道劍芒霎時以半圓弧形散開——

「呃！」

「鏗！」

「砰——砰砰砰砰——」

十人向前，一半及時化出魂器擋下劍招，一半受傷倒地。

完全沒想到會是這種結果，隊員們頓時目瞪口呆。

但第二層護衛立刻反應過來，瞬間一致向前，有默契地與沒受傷的五人再度連成合圍之勢，鎧化上身、準備合攻九小姐——咦咦？

人咧?!

第四十九章 闖禁地（三）禁靈山

就在疑問間，後方突然傳來一聲——

「鏗！」

十五名隊員立刻轉回身——

「鏗！」

「鏗鏗鏗鏗！」

「鏗鏗鏗鏗鏗鏗！」

才一個轉頭的時間，兵器相擊聲接二連三。

順著聲音的來源，他們抬起頭，只看得見一黑、一藍兩道人影打在一起，隊長已經鎧化。

隊員們：「……」

他們的防線，竟然被穿越得無聲無息，如果九小姐想殺他們，他們已經全都躺平在地上了吧！

想到這裡，隊員們頓時覺得脖子涼涼的。

心驚驚的同時，他們站守的位置也悄悄變成前後兩隊。

一隊盯著還沒動手的六少與北大人。

一隊注意隊長和九小姐的戰鬥和移守內防線。

「幸好隊長英明。」

要是一個不小心被九小姐從隊長手中跑開、闖過內防線、進了禁靈山，下一個該進禁靈山的人就換他們了！

「隊長萬歲！」

「……」這個時候，就不要再歌功頌德了，隊長又聽不到。

「有派人去執法堂了嗎？」

「剛才已經派人去了。」嫡系六少和九小姐闖禁靈山，這一定要回稟，就在剛才他們第一層防被打倒的時候，本來慢吞吞、邊走還邊回頭當看戲的人，就立刻撒腿飛奔著去了。

那就好。

只是他們怎麼都沒想到，看起來嬌嬌弱弱、又一直被傳成傻子的九小姐，竟然——比他們都厲害！

能進執法堂、又被派守在家族兩大重地之一，他們的實力絕對是經過考驗的。

可是他們還是被一招掃平躺地，簡直無顏見父老！

這一打，可把他們的自大心給打沒了，他們竟然連十五歲的九小姐都擋不住……

而擋下小玖的端木隆同樣驚異！

剛才一看到九小姐的速度，他沒有遲疑，立刻加快速度向前，及時攔下人。

就在隊員變陣瞬間，九小姐覷準時機，瞬間穿越防線！

只差一步，九小姐就要越過他進禁靈山了。

而一擋住、兵器相接的一刻，端木隆面色更沉。

這把劍……至少是四星魂器！不對，或許還更高！

幸虧他沒有輕視九小姐，在隊員的第一波攻擊時，就直接鎧化上身，讓契約魔獸直接化為鎧甲與武器，否則一定攔不住九小姐。

眨眼間又過了好幾招，端木隆想罵人了！

劍快、銳、準，有疾速與勁力加強。

她揮一劍像揮出四劍的威力！

到底是誰給一個小女娃配備這麼兇狠的魂器，又教她這麼快狠準的連他都差點擋不住的劍招?!

難怪一招就讓他的隊員們躺平一半！

不但太過輕敵，她的劍又太出人意料。

戰果就是丟臉丟過東星山脈，面子被踹進海裡。

想通了的端木隆都想捂臉了。

雖然不是他敗，但他手下的隊員敗，跟他敗也沒太大不同。

可惜現在沒時間讓他捂臉，九小姐的劍離手了都還能隨著九小姐的心意，與九小姐左右開打。

這是……難道是……御劍訣?!

端木隆心裡一驚，九小姐正好舉劍正攻他面門，他手一抬才要擋，頸後卻瞬間寒毛一凜。

危險！

來不及變招，他魂力一轉，聖階威壓頓時大放，震開了前後兩方的攻擊。

九小姐被震退，他迅速轉頭，赫然看見身後被震退的，是一把與九小姐手上相同的劍——不對，兩把劍都略短一點！

劍有兩把！

糟！

端木隆心裡一喀噔，就聽見一聲劍嘯。

「呼——」

後方被震退的那把劍轉了一個方向，快速衝向端木玖。

只見九小姐輕輕一躍身，踩到劍身上，劍速忽然提快，衝向禁靈山方向！

「站——」飛身要追。

「住」字還沒出口，小玖手上劍一揮，劍勁掃向端木隆，逼得他不得不停步應招。

只一瞬間的停頓，小玖已經衝入禁靈山了。

端木隆臉黑了。

他真是太輕敵，也太留手了！

「守好禁靈山，再有人擅闖，格殺勿論！」匆匆下完命令，端木隆已經衝進禁靈山，緊追端木玖而去。

隊員們立刻轉身看著還沒踏入禁靈山範圍的兩人，戒備。

隊長有交代，他們可不能再大意了。

就算打不過，也不能讓這兩人再闖進去了呀。

端木風已經調息完畢，也看完整個過程。

看到小玖怎麼打端木隆，他有被驚到了。

小玖就這樣突破隆隊長的防線衝進去了。

他當然看得出來隆隊長留手不少，但小玖能這樣突破防線、耍了隆隊長一記，也真是了不起！

「小玖的戰力——」他真是太低估了。

「只會打架不用腦袋的，是蠢人。」

隊員們：「……」

有一種「蠢人說的就是他們」的感覺。

端木風覺得那句「蠢人」跟他絕對沒有關係，馬上把兩個字丟到腦後。

「我們也去。」小玖已經進去了，身為兄長的他，當然也要進去。

「等一下。」北御前一副氣定神閒樣。

「等什麼？」端木風不解。

雖然小玖順利進禁靈山，但是端木隆隊長追進去了，北御前不擔心嗎？

北御前以一種「你還太嫩了，需要再磨練」的關愛眼神看著他，「很快你就知道了。」

◈

一入禁靈山，滿目蟄眼的雪白。

端木玖立刻閉眼，以神識感知，迅速偏離原來的方向，隱匿氣息。

緊接著，就感覺到有人飛身而來，似乎稍稍停頓辨別方向後，再度一縱身，咻地便不見蹤影。

小玖這才緩緩飛回來，腳下長劍旋空一回轉，與她手上的劍合成一把，她另一手抱著小狐狸翩然落地。

「果然有冷。」

她抖了一下，隨即以魂力包裹全身，包括眼睛，這才睜開眼。

看到的，還是滿目雪白。

這時她也發現不對勁了。

「很費力。」如果只是一般行走還沒有太大影響，但一動用魂力，就會發現身上宛如被壓了三倍重物，舉步艱難。

小狐狸身上光芒一閃，淡得幾乎看不見的紅光瞬間再包裹住小玖一層，徹底阻隔寒冷。

而從他身上發出的溫度，也足夠暖得讓小玖感覺不到冷。

同時，小玖也發現，那種重力壓身的感覺沒有了。

「小狐狸，謝謝。」

「不用謝。」小狐狸微張嘴，少年般清朗的聲音、含著小狐狸特有的清冷音，立刻冒出來。

「小狐狸，你說話了！」好久沒聽到了呀。

「嗯。」

「平常為什麼都不說？」

「聲音，只給妳聽。」

「呃……」這突然被甜言蜜語糊了一臉的感覺，她要不要羞澀一下？

「不走嗎？」小狐狸狐疑地看著她。

她的心情很奇怪呀，好像有高興又有點猶豫，最後很無奈地還停了步，忘記繼續走。

「要。」小玖連忙回神。

找四哥比較重要，羞澀什麼的可以先丟一旁。

小玖收回劍，一邊走上山，一邊仔細感覺，能感覺到的範圍，卻始終很小、而且不清晰，她忍不住嘀咕：「連神識範圍也被壓縮了，要找四哥，恐怕只能跟著隆隊長走一樣的路了。」

「左邊。」小狐狸突然說道。

「咦，四哥在那裡嗎？」

「可能。」他只能感覺到有人，但不能確定是誰。

就算小狐狸說的方向和隆隊長去的方向不同，小玖還是立刻轉向，一邊說道：

「你先把魂力收起來，我可以。」

如果這裡沒有靈氣能補充魂力，那麼輪流著，至少她和小狐狸可以撐久一點。

「沒事。」小狐狸跳到她肩上，看起來一點也不受重力壓制。

「這裡的限制，對你沒影響嗎？」

「不大。」對牠來說，可以說是毫無影響。「這裡的重力，對魔獸的壓制比較小。」

雖然一樣沒有靈氣可修練，但是身為魔獸的小狐狸，一點也沒有被重力壓迫的感覺。

「那這裡會有魔獸嗎？」魂力有消耗沒補充，還有可能潛在的魔獸，小玖有點擔心四哥的安危。

「就算有，階級應該也不高，而且這種時節大概也不會出來，他不會有事。」

而且，雖然沒有重力壓制，但是沒有靈氣、不能修練，在這裡的魔獸應該也不堂堂天魂師，應該不至於連普通魔獸都對付不了。

會長期停留。

「那就好。只是，把人罰到這裡來，到底有什麼用處？」

不能修練雖然有點浪費時間，但捱過受罰時間再出去，除了沒自由，好像也不是多苦難的事；小玖很懷疑，把犯過的人罰到這裡，真的可以起到處罰的效果嗎？

「回歸本心吧。」

「回歸本心？」

「讓習慣運用魂力的人不能再盡情使用，用普通人的模式在這裡生活一段時間，大概可以讓人珍惜一點。」

受苦受難後，意識到犯過是多麼愚蠢又痛苦的事之類，大概就會警惕自己，以後不要再犯錯了。

等同於，「不服就打到你痛，痛了你就服了」這樣。

雖然小狐狸講得很文雅，但是已經從相連的神識裡知道小狐狸想法的小玖：

「……」

小狐狸的想法真是簡單粗暴、通俗易懂！

「能定下心的人，大概可以順便練習一下，如何合理運用魂力。」小狐狸終於說了一個比較有建設性的猜測。

小玖一想就懂。

「防熱禦寒、走跑起跳，儲物空間、鎧化戰鬥……樣樣都需要魂力。這裡沒有靈氣能修練補充，想要活著、又活得好，就得節制使用，不能把魂力消耗光。」

適度保留，在大部分的戰鬥時也是很有用的。

「可能吧。」小狐狸沒有想過這麼麻煩的道理。

牠戰鬥，一向憑本能，碰到對手時想怎麼打，就怎麼打，中心重點就是：要把對方打趴，完畢。

「好像很有趣。」小玖笑了。

如果四哥不想離開，她也在這裡住一陣子好了。

「很高興九小姐覺得有趣。」黑沉沉的聲音。

呃！

小玖一回身，就見隆隊長冷著一張臉看著她。

他剛才走的方向和她不同耶，怎麼突然冒出來了？

「隆隊長，你好，好有緣喔，我們又見面啦。」小玖立刻乖巧地打招呼，好像他鄉遇故知。

「九小姐，請隨我到執法堂。」但是隆隊長一點也沒有想要和她話家常的心情，只覺得很想快點把這個找麻煩的人打包走。

他現在知道了，人不可貌相。

看起來乖巧的人惹起事來，才教人防不勝防！

「隆隊長可以找到我，那一定知道四哥在哪裡吧？」完全忽視他的上一句話，小玖一臉好奇地問道。

「九小姐，請立刻隨我離開。」隆隊長臉更黑了。

「隆隊長，我都進來了，至少要讓我見到四哥；為了避免浪費時間，你知道四哥在哪裡的話，我們就趕快去吧。」

「九、小、姐——」端木隆覺得自己的腦神經有「啪」一聲，斷了一根的感覺。

闖入禁靈山，還一點都沒有犯錯的自覺，這麼理所當然地叫他帶路的人，端木隆活了二百多年都沒見過。

「這樣對你、對我，都好嘛。」好像看出隆隊長的忍耐快到極限，心裡的小火山快要爆發，小玖理直氣壯又補了一句。

「哪裡好？」她能扯出個什麼理由來？

不對，這不重要，他幹嘛問！他現在應該立刻逮人出去才對！

真是被氣昏頭了。

「帶我去找四哥，是我的目的呀。」對我好。「我的目的達成了，當然就乖乖跟你去執法堂啦。」他的目的達成，對他當然也很好。

最重點是，他們兩個也不用再打一架了，很完美的結果吧。

所以，這麼簡單的道理，又很符合兩人的堅持，怎麼做才最好，隆隊長應該懂得吧！懂得吧！

隆隊長何止懂，根本目瞪口呆。

這是光明正大誘拐他違反族規吧！

有拐人犯罪還這麼理直氣壯，一副我是為你著想的語氣嗎？

乍聽之下好像真的很好很合理，但根本是大坑！叫他知法犯法，當他腦袋不清楚了嗎！

但是他如果不答應，結果就是他們再比鬥一場，誰贏聽誰的。

比鬥他不怕，輸了也不怕，但是在禁靈山裡，實力被壓制、魂力被壓制、地方也不是絕對安全。

雖然人生則必有死，受傷什麼的也是常事。

但在自家的禁地、對手又是自家人、緣由也不是什麼解不開的冤仇，這種傷亡就有點心塞了。

但是族規不能破。

就算心塞，還是要打。

這是他的職責。

壓下嘆氣，面無表情，端木隆抬手，「九小姐，請吧。」

小玖卻看向小狐狸，小小聲地問：

「我們要跑嗎？」實際問的是：我們跑得贏他嗎？

跑？有點沒面子。

小狐狸沒回答，但是想法她知道了。

「打架浪費時間，而且我們主要的目的，是找四哥，不是打架，不能主次不分。」小玖義正詞嚴地說。

西北北方向，十里。

小玖一聽，飛身就跑！

端木隆傻眼！

接著飛身就追。

他都準備好了，她卻還沒打就跑，這已經不是心塞，根本憋氣！

九小姐……欠教訓！

◈

有小狐狸的魂力，可以無視重力的壓迫，小玖的速度就發揮出來了。

雖說禁靈山是一座山，但其實含括了五、六座山峰。

儘管大雪漫山，冰天雪地，但山仍舊是山，十里的距離，也不是平地與筆直飛奔，而是各種林木與凹凸地形，甚至還要繞路。

繞了路，還得繞回原來的方向。

就算端木隆是聖魂師，沒有速度加乘、契約的魔獸也不是擅長速度型，小玖很快就甩開距離。

在端木隆只追了三里的時候，她已經到達目的地，抬頭一看——

「山壁。」小玖無語。

即使一片冰霜覆蓋，也掩不住陡峭的峰壁，一片嶙峋的景象。

到了這裡，不用小狐狸指引，她也感覺到山壁上有生息，那是有人存在的感應。

並且位置一直沒有移動。

「這種山壁，一般人根本攀爬不上吧！」

如果不是冰雪覆蓋，可能還可以倚靠繩索、釘鉤等工具，冒著生命危險爬上爬下。

但是現在，整片山壁都變成水滑一片。

雖然有幾處凸出程度不同的石台，也因為被冰雪包覆，整個石台根本沒有著力點，自然也就沒有可以攀附的地方。

「這裡，真的不適合人類生存。」小玖肯定。

「因為人類太脆弱。」一本正經地附和。

「在你眼裡，有什麼是不脆弱的嗎？」小玖忍住笑。

小狐狸還很認真地想了一想，才回答：

「妳。」說完，又很快補充：「我會讓妳變強壯，可以陪著我。」

「……」這該算是情話嗎？

但是，變強壯就只為了陪他?!

小玖瞇了瞇眼。

「是你陪我，還是我陪你？」說得好像她存在就只有陪牠這件事，身為被獨立自強思想薰陶過的小女子，小玖有點不爽。

「我陪妳也可以。」小狐狸不太明白，她怎麼突然不高興了？不過答案不變：「妳陪我、我陪妳，都好。不分開就好。」

小玖的不爽消失，以一種有點奇特的眼神看著牠。

「小狐狸，你是不是偷偷去看了什麼書，或是學了什麼人說話，還是看見了──什麼奇怪的事，然後學起來了？」

小狐狸歪著頭看她，一臉迷惑。

「要學什麼？我有傳承記憶，修練很夠用，練夠了就很強，不用學別的。」魔獸沒什麼學不學的，就是血脈的傳承記憶。

「……」這跟她說的完全是兩回事！

她還以為他是去看了什麼小說話本、看了什麼花花公子把妹的場面，或是什麼風流韻事，然後把情話用在她身上呢！

不過，如果這真是學過的情話，講成這樣……也有點讓人「不忍卒聽」。

原因無他，實在不夠動聽呀！

後面那句雖然不錯，但總有種……

「不分開什麼的，總覺得答應了有點吃虧。」她嘀咕。

「有我，難道妳還想有別人還是別隻獸？」小狐狸語氣有點危險。

「沒有呀。」這質問的語氣……「不對，是你我也不一定要啊。」差點被拐去。

「來不及了。」沒有就好。

小玖把小狐狸抱下來，放在兩隻手掌上，一人一狐，眼對眼、面對面。

「小狐狸——」

「蒼冥。」糾正。

一直叫小狐狸小狐狸，雖然牠不覺得有什麼不好，只要是她在喊著就沒關係，但——不會喊著喊著，就真的把牠當成「小」狐狸吧？

「……好吧，蒼冥。」名字的確很重要，要叫對。「你知道，我才十五歲，還很小。」

「嗯。」沒關係，牠也不大。

「未成年的小孩，不可以談戀愛。」

「我們沒有要談戀愛。」他很認真地說。

「……」所以她會錯意，自作多情了？

「伴侶，是認定，就是妳，沒有別人；不是戀愛，只要妳。」

「我是人，你是狐狸耶！」

「魔獸，與人類相同；難道妳不喜歡強悍的魔獸，只要脆弱的人族當伴侶嗎？」牠皺眉。

「呃……」物種，在這裡好像沒法當成拒絕的理由。「但是，人和魔獸，可以成親嗎？」

小玖現在才意識到這點。

雖然她接受了魔獸與人族平等的觀念，就像東方人與西方人一樣，北叔叔也一直給她這樣的想法。

但在天魂大陸上，好像沒有聽說誰的伴侶是魔獸，她也沒有聽過，誰家的魔獸可以變成人的。

但是小狐狸可以！

所以小狐狸的情況，是常態，還是非常態？

好像愈想愈混亂……

小狐狸身上突然紅光一閃，紅髮少年立刻出現在小玖眼前，還握著她的手。

「現在，我是人了。」可以成親了。

小玖：「……」

「嗚……」天際突然傳來低鳴。「隆隆隆……」

紅髮少年回頭看了眼天色，再轉回頭，水晶般的紅瞳，直直盯著小玖。

「呃……」有點不自在。

「都是我，沒有不一樣；擬態只是方便我行動而已。」

「隆隆隆隆……」天鳴聲愈來愈大。

小玖立刻想到之前的狀況，馬上說：

「我知道都是你，你變回小狐狸吧。」

「但是——」

「其他事我們可以慢慢再說，你先變回去。」

「轟隆！」天鳴聲變成震盪了。

「蒼冥，快點！」她催促。

她一點都不想被雷劈，也不想看到他被雷劈。

「那妳不能拒絕我。」再叮嚀一次，蒼冥就變成小狐狸了。

小玖一把抱住牠。

「隆……」天鳴聲頓時消失。

小玖鬆了好大一口氣。

「老天爺好像特別不喜歡你——」小玖才說了一句，山壁上方，就傳來熟悉的聲音。

「小玖？」

「四哥?!」小玖立刻抬起頭。

就見陡峭的山壁上，有一座凸起數呎的石台，閃動著光芒，但看不見人。

「小玖，真的是妳?!」石台上的聲音，聽起來很意外。「妳怎麼會在這裡？」

外面有雷鳴聲，他還以為發生什麼事，結果走出來一看，卻什麼也沒有；但是竟然意外聽到妹妹的聲音。

「我來找四哥呀。」小玖抱著小狐狸，輕身一躍，就躍到石台上。

石台滑，沒關係。

原本小狐狸的魂力就布滿她周身，現在只是在足下加一點熱，就融化了石台上凝固的冰雪，一直延伸到端木傲面前。

嗯?小狐狸神識一動，魂力收斂。

「小狐狸，謝謝。」

不客氣。

小玖從石台邊緣走向端木傲，直到山壁洞口前。

上了石台，她才發現，看似開放的石台洞穴，其實有著如柵欄般的無形門閥。

剛才她看到的光芒，就是門柵發出的光芒。

只要端木傲一靠近，柵欄就會自動發出光芒，作為警告。

而一退到三呎之外，光芒就會自動收斂。

這個門，很自動化呀！

小玖很有興趣將整個洞口看了一遍。

不過看到四哥退離洞口三大步以外，洞裡的光線雖然不陰暗，但是也不很亮，四哥一個人在洞裡頭——雖然沒有孤零零，但就是覺得有點心酸。

「只有妳一個人來？」

隆隆的悶雷聲，突然又不見了。

端木傲只疑問了一下，就丟開這個問題，他現在，是瞪著妹妹；為什麼她跑來了?!

「這個……」四哥的表情看起來好嚴肅，怎麼說他比較不生氣呀？

「這個？」端木傲皺眉。

「我先進來找你，六哥和北叔叔都在外面。」還是老實說好了，就算四哥生氣，也是表情更冷一點而已，不怕。

「胡鬧！」怎麼讓她一個人跑進來?!

亂闖禁靈山的危險性，別人不知道，六弟應該知道，怎麼還放她一個人到處亂闖？

「四哥也很胡鬧呀。」她小小聲地說，但是眼神很理直氣壯的。

端木傲頓時沉默。

「你為了我的事，去闖修練塔，又被罰來這裡，我都知道了。」小玖又說道。

「只是被罰在這裡反省，大長老已經是輕判了。」端木傲本人對這項懲罰，倒是一點異議也沒有。

決定闖修練塔時，他就考慮過後果，現在的結果、對比小玖聯姻這種結果——他覺得，他可以再被關禁閉久一點沒關係。

「妳能到這裡來，是見過三叔了嗎？婚姻的事解決了？」這才是端木傲關心的重點事件。

「見到了。婚事現在跟我沒有關係。」小玖簡單把過程交代一遍。

不管端木那個忠長老和他女兒怎麼認定，反正她打贏了，對方就要履行快鬥前的約定。

至於聯姻後會不會很可憐之類的……他們父女找她麻煩的時候都不覺得她可憐，所以小玖才不會把同情心浪費在他們身上。

而三伯會不會再把聯姻的事又繞到她身上，以後再說。

端木傲面色沉凝，不語。

「四哥，你還在擔心呀？」

他點點頭。

「三叔可能不會這麼輕易放棄。」

「和陰家的聯姻，有這麼重要嗎？」

「如果聯姻成功，是錦上添花。」也是非常好的一個助力。

端木傲之所以沒有跟小玖一起去見三叔，就是提前一步先回家族，先弄清楚近期家族裡發生的事與現況。

家主閉關，族中大事由大長老總攬，其他長老為輔。

而管理家族各項事務的職責不變。

「三叔總管家族事務中，對外的聯絡與談判，所以陰家提出聯姻，第一個知道的人，就是他。」

聯姻不但是陰家提出，而且陰家主還親自來找過三叔——聽說他們兩人曾經有過一段，不能說的緣分。

聯姻的人選，是陰家主提出來的；並且因為指定是小玖，還多送了三叔一柄魂器。

之後沒有通告大長老，三叔就將聯姻的命令發出去，直到西岩城。

家族中，傾向三叔的長老並不少，又因為三叔負責家族對外事務，本身就可以命令其他的家族分部配合他的命令行事，所以當這件事的傳聞出現時，家族本部還不知道。

這就是大長老之所以不知道的原因。

知道了這些，端木傲當下決定闖修練塔。

家族裡真正能否決三叔決定的，只有族長。

其次就是大長老。

族長可以直接反駁三叔的提議。

大長老也許會反對，但不會當場否決。

這就是端木傲沒有直接去見大長老，請大長老出面的原因。

但他闖了修練塔，事情的緣由公開了，只要不是族長親自下的命令，大長老就會壓下這件事，三叔的決定就不算數。

大長老後來也是想通了這一點，才哭笑不得，罰了他禁閉。

「大長老的消息，也太不靈通了。」一個大家族，方方面面的顧慮很多，但是端木定灼的命令都下達西岩城，還特地派人去傳令；這樣大長老還一點消息都不知道——太假了。

端木傲沒領會自家妹妹的腹誹，只是耿直地覺得，不應該在背後偷偷批評長輩，所以他沒附和。

雖然在本心上，他也覺得，大長老的消息真的有點遲鈍。

「大長老……大概是相信三叔。而且三叔也不會做出對家族不利的決定。」這一點倒是可以信任的。

「這世上沒有不勞而獲的事。有利的事，從來沒有不必付出代價就能獲得的。但是如果付出代價的人不是他，他至少要徵得別人的同意。」

小玖回想了一下她見到端木定灼的全部過程，大概也相信他是一個會為家族著想的男人。

只不過，可能在對家族有利的前提下，對自己也很有利，所以他不惜「假傳命令」也要完成聯姻。

別人遇到同樣的事會怎麼做小玖不知道，但是她一點都不想成為別人爭權奪利的工具或者交換品。

「三叔，一向很有自己的主張。」端木傲說得很含蓄。

「是獨斷獨行吧。」她吐槽。

「……」因為太實話了，他反駁不來。但有件事是可以保證的：「小玖，妳不用擔心，只要妳不願意，沒有人可以勉強妳。」

就算三叔堅持，還有他和六弟在，總能護住小玖。

「那是當然。」她不願意做的事，誰敢勉強她，她一定會讓他後悔的。「現在比較讓人擔心的，是四哥你吧。」

洞穴很淺，洞裡的情況一目了然。

裡頭除了一個蒲團外，就再沒有別的東西。

沒有吃沒有喝、不能自由行動只能待著，無法修練魂力，也沒有別的事能做。

這禁靈山，真的很有「禁閉室」的感覺，只除了它不是密閉室，而是開放型的洞穴。

只是為了限制行動，洞口特地設了個柵欄型的門——弄得像坐牢。

情況，就比小黑屋好那麼一點點。

「我很好。」端木傲說道。

小玖才不信。

「真的。除了不能自由使用魂力，待在這裡和待在外面，也沒有太大的不同。」端木傲安慰自家妹妹，希望她不要擔心。

「不能使用魂力，四哥不習慣吧？」她沒忽略到剛才四哥後退時，習慣飄的動作不能用，只好「腳踏實地」用走的。

「沒事，這裡很安全。」一點不適應和不方便，端木傲沒有放在心上。

「這裡千山鳥飛絕，萬徑人蹤滅的，當然安全。」她嘀咕。

「……」不要以為嘀咕得小聲他就聽不見，他聽見了，有點哭笑不得。

站在山壁的石台上，看更遠。

舉目所及，天上地面，一片白茫茫。

別說鳥和人，連個會動的都看不到一隻。

「算了，安全總比危險好。」小玖一下子又振作，問道：「四哥，你要繼續待在這裡嗎？」

「嗯。」他的禁閉時限，是到帝都大比前三天。

「那我也待著。」小玖找了一塊靠近門柵地的地方，清了一下地面，坐了下來。

這一坐，又好奇心冒出來。

這個門柵，她靠這麼近，完全不亮光呀！

但是四哥一踏進門柵邊三呎的距離，立刻放閃光；端木傲又退回去。

敢情，這門柵還防裡不防外呀！

「小玖，妳先回去。」隔著三呎的距離，就算他有點氣，小玖也是不會怕的。

「不要。」

「聽話。」

「現在不聽。」

「小玖。」

「這是兄妹情分和道義問題。」她義正詞嚴。

端木傲一聽就懂。

「我這麼做，不是為了讓妳感激，讓妳陪我一起受苦的。」

「可是，我也不能眼睜睜看著四哥因為我被罰。」

「小玖！」

「四哥，吃東西。」小玖拿出一包饅頭，自己拿了一顆啃，其他的透過門柵的間隙遞了過去。

端木傲瞪她。

這種時候，她還能想到吃？

「打了兩場架又跑給人追，又跑到這裡，我餓了呀。」她一臉無辜可憐。

端木傲還是瞪她。

不要轉移他的注意力，他是想叫她回去的。

「四哥，要吃東西才有力氣，拒絕美食是一件很罪惡的事。」

「……」有這麼嚴重？

「這是我們一起在天耀城買的饅頭，現在一起吃，很有意義呀！」小玖又說道。

想起在天耀城一起逛街買買買的情景，端木傲還是被帶歪了。

「好吃嗎？」

他走向前，不管門柵會不會閃光，接過那包饅頭，就在離她最近的地方，同樣坐了下來，兩人之間只隔個門柵。

「好吃。」

「那以後我再帶——」端木傲說到這裡，就愣住。

在小玖收回手時，不小心碰到門柵的光線。

依照過去的經驗，此時門柵會發出強光，強烈的溫度足以灼燒每個試圖接近門柵的人！

但是，門柵碰到小玖，沒有發亮。

反而，被小玖碰到的那條柵線，中間空了一塊。

「小玖?!」端木傲瞪呆。

小玖吃了一半的饅頭，然後剩下一半正剁著餵小狐狸，才抬起頭——她也看見了。

小玖直覺又低頭——

是你的魂力？

小狐狸也看到，神情卻是若有所思的。

「受傷——呃！」端木傲伸手就要拉她，看看有沒有受傷，結果手碰到門柵，當場被灼傷。

「四哥！」小玖立刻將他的手推回去，結果是被她碰到門柵範圍，柵光都消失了！

不是火燒也不是破壞。

這消失的方式，像用筆畫出的幾條線，被立可白從中刷過一般。完全無聲無息，比立可白更無痕無跡。

小玖乾脆手揮幾下，直接清掉半個門，然後跑了進去。

「早知道這麼簡單，我就不用坐在外面吹冷風了。」抱抱小狐狸，溫暖一下。

端木傲面無表情：「……」腦內瞬間同時浮現各種想法。

門柵就這麼被清掉了？

端木家禁地的門柵這麼不牢靠？

這門的陣法就這麼被破壞掉了？

隆隊長看到可能會抓狂。

大長老看到可能會想昏倒。

族長看到……

但是各種不適合的想法，在一看到小玖發抖的動作時，還是拉開自己的披風，一把將她摟了過來。

端木玖身上的冷意頓時被暖掉了，從披風裡仰起臉，「四哥，我不冷了。」

「乖乖待著。」端木傲拍拍她。

外面開始下雪了，他才不會放小玖出去吹冷風。

但是小狐狸不開心。

玖玖冷。

有我。

根本不必靠別人。

雖然小玖不冷，但是，她還是很配合地拉了一半的披風，和四哥一起坐下來，再拿出一小鍋熱湯，放了一顆火岩石在鍋旁。

要是有煉器師看見她拿出火岩石就只為了溫鍋，絕對會罵她敗家的！火岩石非火山不可尋，火岩石質地堅硬又具熱度，是多好的煉器材料呀！拿來暖鍋簡直是暴殄天物！

但是對小玖來說，這是多方便的野外生活工具呀！好用就行。

兩人面向洞外，一邊看雪，一邊吃饅頭。

就看到了只剩一半的門柵。

「四哥，門柵壞了耶。」只剩一半也還是會發光的門柵，要稱讚它一句：夠「敬業」。

即使只剩一半了也還是繼續執行它身為門柵的使命。

「嗯。」他看到了。

等隆隊長發現的時候，不知道會不會當場火山爆發？

但是，小玖招來的火山，端木傲不用多想就決定自己擋了。不過，為什麼門柵碰到小玖就自動融掉了？

「小玖，妳剛才做了什麼嗎？」

「什麼都沒有做。」小玖也還疑惑著咧。「不過，大概是因為小狐狸吧。」她把牠舉高高了一下。

「他?!」

「小狐狸的火，什麼都能燒的。」小玖喜孜孜地說。

「喔？」端木傲盯著小狐狸。

怎麼看都是一隻火狐狸幼崽，而且還特別黏小玖；但是想起牠的「豐功偉業」，他又覺得，不能小看這隻小狐狸。

小狐狸卻沒空理他，直接轉向洞外。

端木傲意念一動，立刻抬頭。

一道人影由下飛身而上，直接落在石台上，眼一掃，就看見相依著坐在地上，正在吃饅頭、配熱湯的兄妹。

「九小姐，妳果然找到這裡了——」等等，好像哪裡不對。「門柵，這是怎麼回事?!」

第五十章 報仇不必太用力，氣他就好

端木隆看著門柵，簡直要目瞪口呆。

禁靈山的思過崖，從開崖以來，還沒有門柵被弄壞的紀錄。

但是現在，一半的門柵確確實實不見了。

最奇怪的是，另一半的門柵卻又好好的。

在有人接近時，依然會發出警示的光芒。

那消失的一半是怎麼回事?!

還有，九小姐竟然就這麼跑進去了，還和四少悠哉地吃饅頭、喝湯、賞雪——

這禁閉會不會關得也太愜意了？

「隆隊長，又見面了。好有緣喔！要一起吃嗎？」小玖忽略他的問題，很好客地邀請道。

現在是野餐嗎？

「不必，謝謝。」等等，差點被帶偏了。他指著門柵，「你們誰能告訴我，這是怎麼回事？」

「對，我正想對隆隊長說，這門柵也太不牢靠了，一點都不安全；當初設置的人，一定偷工減料，做工不實。」義正詞嚴地告狀。

當初設置門的人，早就作古了，告個死人狀是幾個意思……呔呔！他真是被氣昏頭了，怎麼可以對先人不敬?!

端木隆消火消火，走上前，在洞口旁的崖壁上按住一個地方，輸入魂力。還立在洞口的半個門柵就整個消失了。

「好厲害……」小玖一臉讚嘆地鼓鼓掌。

隆隊長理所當然地點頭——不對，點什麼頭啊！又被帶偏了！

「四少，九小姐，你們跟我到執法堂吧。」

論出身，端木隆是旁支，靠天賦與努力修練到如今，統領一隊執法隊。論年歲，這兩個加起來還沒有他的零頭。

本心上，他並沒有那麼生氣。

他們一個為妹妹闖修練塔、一個為哥哥闖禁靈山。有情有義的子弟絕對比無情無義的白眼狼好，就算是熊孩子、老做熊事，他還是可以多給點耐心。

最重要的，是雖然很熊，但是在過程中，他們出手卻一直有所保留，即使傷了人，傷勢也不重。

但違紀就是違紀。

情面上他體諒，但道理上不認同，族規上必須遵守。

所以這件事怎麼處置，還得報告大長老，由他裁定。

「好。」兩兄妹也很乾脆，就點頭。

就在三人準備下石台的時候，下方又有人飛了上來。

「九小姐大鬧禁靈山，該押回去見大長老；至於四少，應該繼續待在這裡受罰吧。」

「忠長老，你怎麼會在這裡？」端木隆擰眉問道。

什麼時候他管的禁靈山誰都可以隨便進來了？

「六少帶九小姐闖禁靈山的時候，家族裡大部分人都知道了，大長老很快就會趕來，我是先一步來幫忙的。只是沒想到好不容易找到你們，隆隊長看起來……好像對四少和九小姐擅闖禁地的行為，一點都不生氣。」

「他們犯的錯，自有大長老裁決，我生氣有什麼用？」不要以為他正直不懂圓滑，就聽不懂端木忠在暗示什麼。

不就是暗示他放水，不就是暗指他對四少和九小姐好，明擋暗放地讓九小姐闖了進來。

這種暗示端木隆聽了才氣！

不過，反正他跟端木忠一向就立場不合、信念不合，又看不慣他這個人的作風，為個看不慣的人氣壞自己，端木隆覺得自己智商沒那麼低，這種腦子有坑的事不能幹。

該幹的事是氣回去。

「隆隊長說得對。不過，四少現在並沒有離開思過崖，並沒有違規，大可不用離開，該和你去見大長老的，只有九小姐。」端木忠又說道。

「禁靈山之事，本隊長自有分寸，忠長老請回吧。」

言下之意是：跟你沒關的事你來湊什麼熱鬧？不要以為打著幫忙的名堂就可以在禁靈山亂走！

無族長或大長老命令不得擅進禁靈山，這條規矩，就算你是長老也一樣要遵守！你也違規！

「隆隊長要去執法堂吧，本長老一起去。」無視逐客令，端木忠保持微笑地說。

「……」這人是受了什麼刺激？一向愛面子的人被他趕竟然沒發怒、沒甩臉走人，還微笑?!

端木隆心下警覺，猜不出他在打什麼主意。

端木傲和端木玖相視一眼，小玖心思一轉：

「忠長老，你不忙嗎？」

「當然忙。但是禁地出事，身為長老，就算再忙也要立刻趕過來。」端木忠一副以家族為第一的模樣。

「所以你是不相信隆隊長可以處理這裡的事囉？」

「當然不是，本長老只是關心。」

「關心，你也還是違規了。」

「違什麼規？」

「隆隊長不好意思說，但事實是：長老你也亂闖禁地了，所以如果闖禁地要被處罰，你也有份。」小玖振振有詞地說。

「本長老是——」

「長老特別遵守族規。」她打斷他，一臉推崇地看著他，「所以現在特別有自覺，不用隆隊長說就主動要去執法堂，接受大長老的處罰。」頓一頓，崇敬的語氣加強：「不愧是長老，覺悟好高！」

端木隆：「……」原來話可以這麼拗的。

端木傲：「……」認識忠長老這麼久沒覺得他有什麼覺悟過，只有最會裝腔作勢的覺悟。

端木忠：「……」他什麼時候這麼被崇拜了，他怎麼自己都不知道？

等等，差點被帶偏了。

「九小姐，妳在胡說什麼，本長老怎麼可能知法犯法，本長老是為了協助隆隊長處理你們這些擅闖禁地的人，才會來到禁靈山。」端木忠正氣凜然，他一點都沒違規。

「但是你一沒有命令、二是你在這裡，這裡是禁地，明晃晃的事實與結論就是：你也私自闖入禁靈山。所以擅闖禁地有罪，你也有罪；如果我要被罰，那你也是。」論定。

「……」端木忠真是一時被噎著了。

一個傻了十五年的人，怎麼一好了就變得這麼頭腦清晰口舌靈敏？端木玖該不會是假的吧！

「你才是假的。」小玖吐槽。

……端木忠不小心把心裡想的話叨唸出來了。

「本長老自然是真的，所有人都可以作證，哪裡假？」

「本小姐也是真的，北叔叔可以作證。」

「誰能肯定北御前不會作假？」

小玖眼一瞪。

她懷裡的小狐狸突然竄出，紅色光影瞬間一閃，又閃回來。

端木忠只覺右臉頰一臉，然後整個灼痛起來。

「呃……妳、妳……」

「這是你誣蔑北叔叔的代價。」小玖一張小臉繃得緊緊的。「你跟我不熟，可以質疑我不是端木玖，但是你沒資格質疑北叔叔的人格。你以為誰都跟你一樣臉皮厚得無極限、弄虛作假當家常，為達目的當小人也當得很開心、各種反覆無常的無恥行徑都做得出來！」

端木傲、端木隆：「……」

滿滿的兇悍氣息，撲面而來。

小玖（九小姐）簡直把忠長老批評得一無是處，跟個奸人一樣啊！

「胡說八道！」端木忠還來不及質問那隻狐狸的行為，就先被端木玖這番話說得爆氣。「本長老哪裡小人、哪裡弄虛作假、哪裡無恥！」

簡直爆吼。

端木隆覺得，方圓十里都可以聽見端木忠的吼叫聲，可惜這裡沒其他人聽見了——其實有的。

正往思過崖趕來的某幾人，老遠就聽見這聲吼叫，腳下趕的速度紛紛不約而同頓了一下。

「哪裡都有。」端木玖立刻數給他聽：「不說遠的，就說今天我踏進演武場開始。

你兩次想偷襲六哥，小人！

你的女兒輸了比鬥，講定的條件你想反悔，無恥！

明明就自己私闖禁地，還一副大公無私為了幫隆隊長來，天知道人家根本不需要你，厚臉皮！

你明明很想揍我替自己的女兒報仇，卻在我面前裝作一副和藹公正的長老樣，根本心口不一、反覆無常。

老是把自己做錯的事都講成對的，一副理直氣壯又光明正大樣，這還不夠弄虛作假？

最假的是，你全身上下，我就看不出你哪裡有「忠」的品質，還好意思名為「忠」。被人家一句句「忠長老」地喊著，你都不心虛，簡直就是明晃晃地欺騙世人！

綜合以上行為，說你臉皮厚得無極限、弄虛作假、小人、反覆無常又無恥，哪裡是胡說八道，根本就是實話實說剛剛好而已。

你要感謝北叔叔對我的教養，至少我看到你還保留一點敬老的美德，說得很含蓄，否則……」哼！

端木隆：「……」他聽得恍神十秒鐘，才回過神。

別人罵人，是氣急敗壞加兇狠尖叫；她罵人，是慢條斯理，條條分明像在唸書，聲音又軟糯好聽，不小心就會聽到心思飛遠。她說什麼不重要，她的聲音語氣才是重點。

等她講完了，才意識到她在說什麼。

都罵成這樣了還只算是實話實說而已，要是再加油添醋一點……

那話能聽嗎？

「小玖……」

罵人不是什麼大問題，但妹妹悍成這樣，端木傲有點……頭痛。

果然，軟妹妹什麼的，只是想像，也只能是想像。

「四哥……」小玖的小眼神委委屈屈的。

他追到這裡來想偷襲我，我不能氣他一下嗎？

……可以，妳隨意。

「端木玖，妳欺人太甚！」端木忠氣得快升天、臉色整個爆紅的模樣，很像下一刻就要爆撲過來揍人。

端木傲立刻向前跨一步，擋在小玖面前。

就算不是軟妹妹，也還是妹妹，當然不能讓人傷害她。

端木隆則快走兩三步，擋在兩方中間。

這裡是思過崖，歸他所轄，任何人都不能在這裡動武滋事。不過看忠長老爆氣的樣子，希望九小姐別再刺激他了。

偏偏，小玖就是自端木傲身後探出頭：

「咦，你都不反駁一下的呀？可見得你也很認同我的判斷嘛！原來你還有一滴一滴的優點，就是遲來的自知之明。不錯喲！」一副「吾心堪慰」的模樣。

端木傲一貫冷靜的表情，忍不住抽了抽嘴角。

「九小姐……」真別再說了，忠長老已經快要腦衝血了。

「最後這句，我很真心在說好聽話，稱讚他的。」小玖一臉無辜。

九小姐妳的好聽話只會讓忠長老氣得要升天！

端木隆已經連無語的表情都做不出來了。

這種好聽話誰要啊！根本是壓垮屋頂的最後一把稻草。這真心……太沉重了，誰承受得起呀？

突然有種：惹誰都不能惹九小姐的念頭。

論真刀實槍的比鬥他不怕，但沒打之前先被氣死，得多憋屈？這輩子都沒面子見人了。

「隆隊長，我們不是要去執法堂，快走吧。」大概覺得氣到這種程度可以了，端木玖沒再繼續氣人，轉而說道。

「呃……」端木隆真驚訝。

還以為九小姐會繼續氣人咧，結果她就這樣放過端木忠了？

有種好不真實的感覺——

「雖然我覺得我還可以再說一下，不過為免忠長老氣到吐血、昏倒什麼的，還得讓隆隊長扛人走，這樣就有點對不起隆隊長，然後又賴我說我不尊老，其實明明是他心理素質不夠、修養太低；不過以忠長老那麼多的不要臉事蹟，應該還是會說都是我的錯吧。算啦，本姑娘人雖小、度量還是有的，尊老一下讓他說很可以，所以，暫時先這樣吧。」

他很無奈地將視線轉回到端木玖身上，無視的眼神明白寫著：說好不再說的呢？九小姐妳、已、經、又、說、了、呀。

而且「前言」還這麼長一大串。

端木隆看見，端木忠整張臉已經爆紅得發紫了——被氣的。

「誰教他一直找我麻煩嘛！」小娃娃似地嘀嘀咕咕抱怨：「不能主動打長輩，還不允許我說一下嗎？這也太不公平了。而且我沒有背後偷偷說，是光明正大地當面說，還給他辯解的機會耶，誰知道他連辯都不辯一聲，直接就默認了，這『耿直』的反應，也讓我很意外呀！我以為他會硬拗到底、死不承認的耶，誰知道他承認得這麼乾脆，教人不佩服都不行——」

「九小姐……」繼端木傲之後，端木隆也頭痛了。

他深深感覺，九小姐是個麻煩！

「嗯，我說錯了嗎？」純然的疑惑眼神。

「……不，妳說得很好，可以繼續。」說得一下子貶、一下子褒，他都不知道自己還能說什麼了。

「可是，我說完了耶。」

「……」端木隆已經死心，放棄阻止悲劇發生了，結果她就給他來了這麼一句？

「大家一起去執法堂嗎？」她還問。

端木隆點頭，「一起去。」

大家都擅闖禁地，乾脆一起去，讓大長老頭痛去吧！

「好。」小玖微笑應道：「那請忠長老先走吧！」

「為什麼？」端木忠陰沉沉的語調問，臉色還是紫的，表面不動，體內魂力卻暗暗調動，鎧化雙掌。

但他看起來這麼沉靜的反應，端木隆直覺更加警戒。

他現在的表情，看起來就像黑水裡的暗流，隨時都會在人不注意的時候，爆發出來。

「你有偷襲的前科。」小玖振振有詞：「你不會以為在我了解你的小人行為後，還粗心到給你機會偷襲吧！」

說句話還不忘小人小人地說，她……好、很好！

「機會不用妳給，是自己找的！」這句話說完，端木忠已經越過端木隆和端木傲，一伸手就要抓住端木玖的脖子——

端木隆、端木傲一驚。

一道白光忽然從小玖面前飛閃而過。

端木忠瞳孔一縮！及時把手收了回去，手掌心甚至因為突然收勢而冒出一陣白煙。

「劍?!」

白光閃過後，一柄長劍顯形，旋轉著浮在小玖身側，劍身微微顫動，像在警告來人，別再輕舉妄動。

小玖雙手抱著小狐狸，連一點備戰姿態都沒有。

「隆隊長，你看！他果然又偷襲了，完全是反覆無常的小人行徑！」小玖告狀，而且告抓現行犯。

「忠長老，你是存心來找我麻煩的嗎？」被藐視了的端木隆爆氣。

擅入禁靈山，找他麻煩；在他的地盤上攻擊人，找他麻煩；在他面前偷襲人，這不是找麻煩是挑釁！

身為顧守禁靈山的執法堂第五隊長的威信，受到空前的蔑視！

但是，端木忠有這麼快的速度？

端木忠掌上的白煙還在繼續冒，他警告道：

「這是我和端木玖之間的私人恩怨，你不要插手。」那他們還是同僚。

端木隆冷笑。

「如果你們在別的地方打，不讓我看見，我當然不會插手。」

「端木隆，你想包庇闖入禁地的九小姐嗎？」

「我出手，是因為你不該在禁靈山裡動手！」簡直倒打一耙！

「我還漏說了忠長老一項技能，就是顛倒黑白。」小玖扼腕的語氣。「難道帝都這裡流行先告狀先贏嗎？」

「九小姐，別、再、說、了、好、嗎？」端木隆簡直──他想一掌拍昏九小姐讓她別再刺激人了。

「喔，好。」小玖應了，乖了。

他是不是太兇了？

她突然這麼乖，又讓端木隆有點過意不去。

「端木隆，你確定要護著她？為了她，和我、和三爺作對？」

「是三爺要你來的？」

這種問題不必回答。

「你的選擇？」端木忠強硬地反問。

「我只做我該做的事。」禁靈山內的規矩，誰都不例外。

「很好，我早就想打你了。」話落同時，端木忠一雙白色的手掌就拍到端木隆面前。

端木隆不慌不忙，抬手就要拍回去──

「不要對掌，有毒！」小玖突然喊道。

端木隆一聽，立刻變招，在還來得及時，閃避而退。

「哼。」端木忠嘴角微勾，好像端木隆的反應就在他的預料中。

閃避退開的端木隆頓時覺得不好！

就見端木忠果然是虛幌一招，真正的攻擊目標，是端木玖。

「玄！」端木傲一出聲，端木隆的手掌，就拍在一堵透明的厚壁上，根本打不到端木玖。

端木忠面色一變，反身退後。

透明的防盾隱隱顯形。

端木忠不怒反笑。

「差點忘了，四少最厲害的防衛。」他右手一振，一把尖錐形的魂器就出現在他手上，魂力輸入。

尖錐頓時發出刺目的閃光，同時一股熱浪散出。

「這是……」端木隆眼神一瞇。「想以火破盾嗎？」

太天真了。

四少的防盾，豈是火能攻破的？

「別怕。」端木傲看著端木忠，一邊不忘手拉著小玖，安慰她。

她沒有怕……呃，這句話應該不用告訴四哥。

「喝！」端木忠大喝一聲。

看似要拿尖錐刺盾，實則暗蓄魂力於左手掌，一掌先拍在防盾上——

「嗤——」

透明的防盾頓時發黑。

「哼！」尖錐根本直刺而入。

嗯！

端木傲臉色微變。

小玖似乎聽見一聲悶哼。

「四哥，收回護盾。」儘管還不知道這護盾是什麼，但看也知道再讓尖錐刺下去，四哥可能會受傷。

「沒事。」端木傲不肯。

「四哥，我想揍他，你把護盾收了。」說話間，小狐狸已經爬到小玖肩上，小玖右手握劍，氣勢洶洶。

端木傲有點無語地看著她一副提劍就要砍人的模樣。

「我想揍他很久了。」她說道。「不然，我們一起揍他。雖然以二對一有點勝之不武，但是他又是毒、又是錐的秘密武器一堆，為免夜長夢多，我們不能給他反擊的機會。」

為了照顧四哥的心情，小玖讓得非常委婉。

不能打擊到哥哥想保護妹妹的心意呀。

「好。」就憑「一起」兩個字，端木傲立刻同意了。

護盾一收，小玖的劍立刻削向端木忠。

端木忠拿錐一擋——

「鏘。」一聲。

尖錐，斷成兩截了。

端木忠一愣。

端木玖也是一陣愕然。

「呃，原來中看不中用啊！」

端木傲和端木隆本來也是愣住，一回神就聽見這句，內心宛如有某群馬飛奔而過。

小玖一臉抱歉地看著端木忠，在他瞪過來的時候，立刻聲明：

「是你的錐品質太差，不是我太暴力。誰知道這錐長得醜又不好用啊！唉，忠長老，要買魂器的時候，金幣不能省啊！便宜沒好貨的。」

「它很貴。」端木忠磨牙。

「哦……那，節哀順變。」原來不只是買到品質差的東西，還被當凱子敲了一筆啊。

這下小玖不是抱歉，而是同情了。

這「傻子錢多真可憐」的眼神實在太直白了，端木隆覺得某人要炸。

「端、木、玖——」端木忠一掌揮過來。

「小玖（九小姐）！」

他們兩人距離太近了，端木傲和端木隆都救援不及。

察覺他要攻擊，小玖立刻後退，以距離爭取一瞬間，端木忠的手掌拍到她面前，小玖的劍正好擋住。

眼看只差一點點就能打中端木玖，端木忠立刻加重力道。

抵掌的劍幾乎壓到小玖胸口。

小狐狸神情一冷。

小玖卻突然腳下一定，頓住後退的形勢，手上的劍「鏗」一聲。

一分為二。

一劍依然撐掌，一劍橫掃端木忠。

端木忠一驚，立刻收掌後退。

小玖心念動，飛劍追襲而去，端木忠後退同時，不得不緊急揮掌擋飛劍，她持劍緊追而上。

等端木忠發現時，襲擊他的飛劍不知道什麼時候竟然變成了兩把，同時端木玖已經逼到眼前。

「妳！」

小玖還對他笑了一下，手上的劍不知道什麼時候，也由一化二。

端木忠直覺想避開。

但是來不及了。

前後左右，四個方向，被四把劍阻隔。

端木忠才想往上飛，四把劍已經飛向他，旋轉地封住他四面八方所有的退路。

「天羅地網，封！」魂力御劍，劍隨意動。

四劍為線、劍勢為網，緊密的劍光，由四面八方撲向端木忠。

端木忠只有雙掌根本無法完全擋住。

劍勢一開，端木忠身上就見了血。

同一時間，由遠而來的幾道人影就看見這一幕。

為首的人立刻喝止：

「住手！」

第五十一章　一起思過吧！

好熟悉的喝止聲，小玖覺得她好像不久前才聽過。

端木忠緊跟著同樣怒喝一聲：

「住手！」

誰理你。

先出手的是你，叫我停就停，世上哪有這麼便宜的事?!

生氣影響意念，飛劍的攻勢頓時更快。

「啊……」

端木忠左支右絀的，身上傷口更多，雙掌的動作也愈來愈雜亂無章，愈來愈擋不住飛劍。

來人飛身踏上石台，發現沒人聽他的，怒氣一揚，身上氣勢頓時大放，「住手！」

這一怒，石台差點撐不住，飛劍被震散，就連小玖都被震退好幾步。

「小玖！」隨著來人一同到達的兩個男人，再加一個端木傲，三個男人異口同聲。

其中一個正是直接飛身到小玖身後，托住她退後的步伐。

小玖卻步伐一轉，毫不遲疑就伸手握住其中一把劍，縱身向前，橫劍劃向端木忠。

還來?!

簡直不敢相信他都出手了還有人繼續動手，他立刻氣勁又是一掃。

「放肆！」

氣勁震開，直衝小玖。

托住小玖的男人立刻飛身向前，震開氣勁。

就這一瞬，小玖的劍直直掃向端木忠。

「放肆！」氣急敗壞了。

來人直接飛身震開小玖。

「呃！」小玖悶哼一聲，體內魂力被震亂，臉色頓時一白。

咬牙忍下翻騰的氣血，她不得不逆勢後退。

就差一點點。

她就不信砍不到！

小狐狸同樣很火大。

竟敢傷了玖玖。

小玖心念一動的同時，小狐狸一竄。

不知道什麼時候隱到端木忠身側的飛劍突然凌空一劃。

小狐狸附火於劍鋒。

紅光一閃——

「啊——啊——！」

飛劍、小狐狸，同時閃身而退。

飛劍在半空中就隱形了，回到小玖身邊。

小狐狸則是竄到空中時，特地回頭看了震傷小玖的人一眼。

那一眼，足夠讓人全身一冷。

牠再一竄就回到小玖肩上，魂力瞬間再度布滿她周身。

雖然無法幫她療傷，但至少護住她不被冷到，讓她能專心調整體內紊亂的魂力。

那個傷了玖玖的人，牠記住了，卻沒有莽撞反擊。

牠懂她的心思。

沒有下死手，是為情況留下轉圜餘地。

但是不教訓一下這個陰魂不散、隨時想偷襲的人，又很膈應。

尤其他不只找她麻煩，也找哥哥們的麻煩、還想找北叔叔的麻煩。

這麼愛找別人麻煩的人，不能一下子打死至少也要讓他暫時沒力氣搞怪，再剛好想出口氣——

小狐狸補刀得太完美了。

蒼冥，謝謝。

小事。

她們一人一狐神識交流，很滿意這沒有事先說好卻共同完成的成果，但這一瞬間的變故，卻讓在場的人差點沒呆住。

端木忠的右臂，整個被削斷了。

而且傷口……沒有流血，只有一片被火灼燒的齊整傷口。

被削落地的那一隻手臂，則是瞬間整隻被火燒光了。

一點灰都沒留。

在場所有人都不是第一次跟人比鬥，也不是沒見過比這更血腥的畫面，但是一眨眼情況就變這樣，太出人意料，讓他們還是震驚了一下。

九小姐的劍，這殺傷力……

還有那隻狐狸……

端木隆站在靠近洞口的位置，暫時不動，但默默在九小姐身上，多加了一個標註：九小姐的劍也惹不得。

但，這控制飛劍的手法，傳說中只有一個人最厲害……那個人……端木隆的口、心、腦，同時默了一默。

有點難以想像，也不敢想像，這兩人會有什麼關係。

應該不會吧？

端木忠眼睜睜看著自己沒了一隻手臂，臂上的傷口處，更是又灼又痛。

「呃……呃……大、大長老……」實在太痛了，端木忠淚水含在眼眶，但怎樣也沒臉哭出來，只能一臉痛苦地望著來人。

大長老只能讓後面跟來的人，先扶住他到一邊，然後看向端木玖。

「為什麼不住手？」他喊了兩次。

「大長老……」端木傲要回答，大長老立刻抬手阻止他。

「讓她自己說。」

端木傲沉默了一下，就站到小玖身前。

跟大長老一起來的，還有北御前和端木風。

最先托住小玖的，就是北御前，現在更是扶著她往後退了幾步。

端木風則與端木傲，一左一右，兩兄弟站的位置，很巧妙地沒有完全擋住小玖，但又能在有需要時隨時應變，將她護在身後。

這幅情景，看得大長老胸口開始運氣。

什麼時候他竟然被提防成這樣了？

「還好嗎？」北御前問。

剛才，小玖還滿身涼意。

小狐狸一回來，她的身體就暖了。

北御前立刻猜到原因了。

身體一暖，她發白的臉色也慢慢在恢復中。

「嗯，我沒事，北叔叔放心。」她好多了。

魂力一導回，不由自主就開始吸收外界的靈氣……咦，好像……有耶?!

雖然稀薄，但她的確有感應，身體就不由自主吸收、運轉、增加魂力。

「九小姐，我的問題，妳沒有聽到嗎？」

「你沒有指名道姓，我怎麼知道你在問誰？」而且，她不想理這個大長老。

「那麼現在我問妳，端木玖，為什麼聽到我喊住手，妳卻沒停？」

「你又沒有指名道姓，我怎麼知道你在對誰說？」小玖覺得，莫名其妙的火氣和敵意她領教很多了，現在一點都不想對人禮貌客氣。「我還想反問你，你一來就莫名其妙介入我和端木忠的比鬥，難道端木家族就是推崇這種在別人決鬥時橫插一手，活像偷襲的行為嗎？」

先聲奪人。

從倒打一耙的端木忠那裡現學現賣來的。

但是端木忠是倒打一耙，她是有理有據。

第一，大長老喊住手沒指名對誰說。

第二，的確在別人決鬥時他插手了。

「這——當然不是。」因為是事實，大長老頓時氣弱三分。「但現場就只有你們兩個在打鬥，妳應該知道我的意思。」

「他當時也沒有停手，你怎麼不質問他，反而一直問我？難道年紀小輩分小從小被家族驅逐在外的人，就無論做對做錯、無論有沒有錯，都被認定是要先被懷疑審問處罰的人嗎？」小玖反問完，還加補一句：「還有一件事，我和你不熟，怎麼知道你是什麼意思？」

小玖心裡補一句：她一點都不想知道他是什麼意思。

她才不想跟這群長老們有什麼心有靈犀的（鬼）默契、腦波同等級（的有天坑）。

「……」幾百年沒這麼被堵過話的大長老一時之間有點目瞪口呆，然後，是一陣火大地想生氣。

偏偏，看到她被人護著、一副氣嘟嘟又理直氣壯還帶點無賴的表情，又覺得好氣又好笑。

他有多久沒遇過這麼「鬧」的後輩了？

不過，她說得的確占得住理。

自幼癡傻、五歲就離開帝都，一直被北御前撫養長大的九小姐，對本家的人沒有任何好感與熟悉度，也是很正常的。

再加上她是被假命令召回帝都的，一回族就又遇上定灼的強勢作風，更引發她的反應。

所以她對家族沒有歸屬感，甚至可能有點敵意，也並不令人意外。

大長老關注的重點轉回當下。

也不必特地回執法堂了，相關人物都在這裡，他先找來端木隆問清所有的狀況。

聽完，大長老保持面無表情。

剛才報訊那個，到底會不會傳話？

為什麼沒說清楚，動手的人只有九小姐，小風根本只負責帶路，還被當成小公主供在一邊叫他休息。

小風、小公主。這兩個詞連在一起，大長老定力再好都忍不住要抽一下嘴角，完全不想去想像這畫面有多美。

倒是九小姐這戰力……

這時候，又有人飛上石台。

端木隆的臉色不太好看。

什麼時候，他管轄的禁地變成大家自由來去的觀光勝地了？

還有，這個石台已經很擠了，現在又有人來，大家都快沒可以站的地方了。

但是來的第一個人馬上讓他的不滿沒了，只剩驚訝。

「如岳長老?!大小姐。」其他後面跟來的子弟，則沒再上石台，而是在山壁下待著。

端木玖看到一個眼熟的人。

就是告訴她四哥被關在這裡的人。

原來她是——在心裡數一數兄弟姐妹間的關係，四哥的大姐呀！

至於那個臉不熟的中年大叔，不認識，直接忽略。

兩個哥卻一致行了禮。

「端木傲（端木風），拜見叔公。」順便還以眼神示意，要小玖同樣問候長輩。

小玖想了一下，退一步，站到北叔叔身邊去。沒有叫叔公，就這麼直晃晃地打量中年大叔。

自從來到家族，到處有敵意就算了，還處處被冤枉，剛才還被打傷——雖然沒重傷但她被傷了也是事實。

說她小氣也好，說她討厭麻煩也罷；現在，她完全不想多認一個親戚。

「行啦！不用多禮。」端木如岳揮了下手，不耐煩這些繁文縟節，只是饒有興致地看著端木玖。

「小娃娃，有看出什麼嗎？」

小玖聽到他的叫法，抖了一點雞皮疙瘩。

「要看出什麼？」她已經脫離「娃娃」時期很久了。

「呵呵呵，看出本叔公英明神武、睿智不凡、俊美非凡、大陸第一帥的本質？」端木如岳大言不慚地說。

小玖外的所有人：「……」

即使早就知道如岳長老（如岳叔公）的風格，久久來這麼一次，他們還是會適應不良。

「我只聽見呵呵呵了。」小玖吐槽。

端木如岳的表情僵了一下。

「呵呵呵。」

小玖以很認真的表情，上上下下把他打量一遍，然後慢吞吞地回道：

「本來沒有，現在倒是看出一種本質了。」

「哦，是哪一種？」

是英明神武、還是大陸第一帥？

「是水仙花的本質。」一本正經。

「水仙……花？」啥東東？

「生於水濱，整個『花生』只專注低頭看著水中自己的花形倒影。簡稱：自戀。」

端木如岳一聽，沉默了五秒鐘，大驚小怪叫了出來：

「……好妳個小九九，竟然敢對妳家叔公不敬？」

「我哪有不敬？水仙花很漂亮的，用花來形容，表示花和你一樣美，這還不夠尊敬呀？還有，目前我沒有叔公。」

端木如岳滿肚子的大驚小怪立刻沒了，轉眼好奇地問：

「水仙花，真的很漂亮？」

「嗯。」漂亮，這形容很主觀的。

但就算花不美，這會兒也要斬釘截鐵地點頭說美，不能有一點遲疑。

「好吧，看在妳還知道用好話稱讚我，而且也老實回話的分上，本叔公就不和妳計較了。」端木如岳大度地說，忽略。

「我也不想和你計較。」她瞄他一眼。

這位大概比花還要愛美的長輩，有點自來熟。

「叫我叔公。」這小娃娃好玩！

端木如岳頓時只盯著她了。

至於這兩個小子和一起來的娃子，都太一板一眼，整天端著一張嚴肅的臉，除了小風好一點，其他兩個都太嚴肅啦！

他要對她親切一點，這個娃娃可以拐在身邊玩。

「這個嘛……」她一臉考慮。

「什麼問題，說！」

「鑑於到了帝都，在這個族地裡，我不太受歡迎，一下被算計、一下被偷襲、一下被當成眼中釘，所以我已經決定，處理好假傳家族命令的事，我就要和北叔叔一起走了。」所以，這聲「叔公」，就不用多此一叫了。

「假傳家族命令？」端木如岳收起玩笑般的表情，皺著眉看向大長老，「你知道這件事？」

「是定灼。」大長老點點頭，把事情大致說了一遍。

包含原先傲兒的處分，以及現在的狀況。

他還頭痛要怎麼處理呢，正好如岳就來了，很好，一起來頭痛一下。

果然端木如岳一聽，立刻有種恨不得自己沒問過的後悔表情。

「我可以當作自己沒聽見嗎？」眼神掃過所有人，沒人贊同他這句話，好心酸。

只有小玖開口，非常善良地告訴他：「做人，總是要面對現實的。自欺欺人，純屬浪費時間。」

端木如岳哀怨地看了她一眼。

「妳還不如不要開口。」

「這也告訴你，看熱鬧不是件好事，很可能會被麻煩找上身的。」小玖有心情笑咪咪的了。

果然，自己心情不好的，就要看別人心情更不好，那就平衡了。

端木如岳更哀怨了，轉向大長老，「現在，你打算怎麼處置這件事？」

「犯錯就該受處分，誰都不能例外。」這是大長老執掌法堂的原則。

「那罰吧！」端木如岳沒意見。

大長老宣布：

「端木傲罰則不變。端木風、端木玖，雖然闖禁靈山情有可原，但傷人與擅闖禁地是事實，同樣罰禁思過崖，直到大比前三天。另外，端木風、端木傲必須協守禁靈山一年。而端木玖連續傷害族人，在大比結束後，繼續罰禁思過崖一年。端木忠，身為長老知法犯法，擅闖禁地，更為私仇襲擊族中子弟，剝奪長老職務，罰禁思過崖十年。」

其他還有端木隆護守不利，罰沒收族中供給半年，繼續顧守禁靈山；第五隊員們同樣罰沒收三個月供給。

「至於北御前，念你並沒有出手傷人，又養育九小姐有功，就請你即刻離開端木家族地。」

宣布完畢。

「就這樣？」小玖眨了下眼。

「妳有意見？」看在沒有人員身亡的分上，大長老自認有從寬判罰了。

「當然有。」她很有意見。「假傳家族命令的事，大長老還沒有判。」先講這個。

「這件事，本長老還需要查清一些事實，才能作判斷。」

「不會一拖二消三就沒有了吧？」小玖不是很信任地看了大長老一眼。

「從來沒有人敢質疑本長老會徇私消案！」大長老瞪了她一眼。

不愧是某人的孩子，表面看起來無害又乖巧，實際上膽子比誰都大！

「我是合理提醒。」小玖回他一個笑咪咪的表情。「畢竟，我可是受害者，當然要看到這種事的結果。」想了想，又補一句：「事先說一聲，如果處理結果我不滿意，那我就要以自己的方法，替自己要回公道。」

大長老沉下臉。

「妳這是在威脅本長老嗎？」

「當然不是，只是給你一點心理準備；免得以後我做了什麼事，你們又來氣呼呼。還有，」特地頓了下語氣，小玖微笑地追加了一句：「你罰你的，你高興就好；而要不要被罰，則是我的事。」

「妳敢抗罰？」大長老一橫眼。

「只是告訴你，端木家族對我來說，沒那麼重要。」小玖咪咪一笑。

這話意很深啊。

但是所有人都覺得，思過崖，怎麼好像更冷了。

再說下去，大長老覺得自己可能會抓狂。

很顯然地，這個外表看起來軟儒儒的九小姐，實際上，可能比小風和阿傲都難搞。

所以交代完後續安排後，就飛身離開禁靈山，順便帶走一堆不相關的人與端木忠。療完傷，自然會有人將他送回這裡，接受他應該接受的處罰。

端木如岳走向前，很認真地看著端木玖。

小玖回以一臉疑惑的表情。

他盯。

她疑惑。

兩人就這麼默默對視。默得其他人都一臉莫名其妙，完全搞不清楚這一老一少在做什麼，很想開口叫他們別再看下去了。

端木如岳終於輕嘖了一聲。

「小娃娃，妳很倔強喔。」

「你不是在和我比眼睛誰睜得大、睜得久嗎？」她一臉純善地回道，一副完全不懂他在說什麼的模樣。

「狡猾的小娃娃。」端木如岳咕噥一句。

「愛耍人的老公公。」小玖也咕噥一句。

端木如岳瞪她。

「怎麼可以批評長輩？」好歹他是她的叔、公公公公公公。

「這是中肯的評論。」她一臉正直，完全沒有狡辯的意思。

她就是在說他呀，不怕他知道。

「不過，我要修正一下，因為你看起來太年輕了，所以不能說你是老公公，只能說，你是愛耍人又愛玩愛湊熱鬧的隔壁家大叔。別名：童心未泯，又叫，為老不尊。」

端木如岳本來生氣——什麼「中年大叔」，他明明是中年「美男叔」！

但童心未泯……好吧，這比什麼耍人愛玩愛湊熱鬧的形容詞簡短又貼合事實，但為老不尊是個什麼鬼？

但……好吧，他就大度一點，不和小娃娃計較。

因為這小娃娃，威脅利誘嚇阻什麼的，都沒用啊。

「小娃娃個性太倔強，以後會吃苦頭的。」他感嘆地說。

這感嘆絕對是很良心的，純粹是站在一個長輩的角度，提醒一下而已。

「倔強是個性，改不改是選擇，如果因此要吃苦頭，那也是自找的。」自找的，就要認命，她樂意。

「小娃娃這個性，實在是……」端木如岳嘖嘖搖頭。

……這小娃娃跟那個不聽話的小孩，絕對是父女無誤。

兩人都有本事讓人把滿肚子的勸告統統噎在肚子裡，說不出來。

一點都不考慮被噎的人肚子會不會爆炸，哼。

「好啦，老人家沒精神，不跟妳扯有的沒的，只給妳一個建議：如果妳有打算參加帝都大比，就盡量一鳴驚人、嚇死別人吧！小娃娃，老人家看好妳喔。呵呵呵。」老人家飄著飛走了。

突然很想揍他的小玖：「……」默默回頭看北叔叔。

北叔叔，這人——真的是很正經在和我說話嗎？不是在耍我？

「他的話可以聽，至於態度——那是他的個人風格，可以忽略。無視他的『呵呵呵』就好了。」北御前很中肯地回道。

實情是：北御前特別能體會聽到「呵呵呵」時，小玖想揍人的心情。

因為他也很想揍！

「好吧。」小玖摸摸小狐狸。

反正今天揍夠人了，這個，留到下回好了。

和端木如岳一同到達、卻一直站在角落的女子，這才上前。

「姐姐。」端木傲看到她，淡淡地點了下頭，看起來一點都不熱絡。

「嗯。」確定弟弟沒事，她也只是淡淡點了下頭。

兩姐弟一樣冷淡，但是他們家的脾性就是這樣，不代表冷漠，否則她就不會特地趕來了。

「大姐。」端木風也打了招呼。

「六弟。」她同樣點了下頭。

「她是端木玨，嫡系九個兄弟姐妹中，年紀最長的人，也是四哥的親姐姐。」端木風對小玖說道。

小玖轉向她。

「小九，我是端木玨。」同血脈十五年，到現在，兩人才算第一次正式見面。

「我是端木玖。」沒有共同回憶，也沒有相處過，就算是堂姐妹，兩人的態度也是陌生得很。

端木玨遞出一只戒指給自家弟弟，「吃的用的都有，別再惹事。」

「謝謝姐姐，請妳——」靠近她耳邊，低聲道：「留意三叔的動向，他和陰家……太接近了。」

端木玨點點頭。

「我知道了。放心。」拍拍弟弟，她也先離開了。

石台上終於又只剩下五個人，端木隆開口：

「這座石台不能用了，那邊的石台，除了兩個有人之外，其他的三位各自選吧。」這很優待了喔！

三兄妹對視一眼。

「不用，這裡就很好。」

「這裡的門柵——」

「壞了。」小玖替他說。「隆隊長放心，我們會乖乖待在這裡，不會『越獄』的。」

門嘛，本來就是為了鎖住和避免人逃脫才設置。

他們又不會逃，有沒有門的，就不重要了。

「你們，要在同一個石台？」端木隆有點頭痛。

這還算關禁閉，還能思過嗎？

「不然我們先各選一個石台，等你走了再出來會合。」她一說，兩個哥哥就點頭。

這是明目張膽的「串通獄友」！

「好好待著，別做出讓本隊長想揍人的事；而你，半個時辰內離開禁靈山。」後一句針對北御前。

「可以。」北御前點頭。

警告完，又得到承諾，端木隆按著頭轉身就走。「我剛才什麼都沒聽見。」接著躍下石台，飛著跳著，人就不見了。

至於門柵的事，大長老現在一時忽略了沒追究，等他之後想起來，會再來詢問吧。

現在端木隆也是一點都不想再跟九小姐扯下去了。

連大長老都退散了，他還是悠著點兒，比較長生。

「他就這麼走了？」小玖還以為他會再堅持一下呢！

隆隊長不是鐵面無私、秉公理事的嗎？

「大概是覺得——連大長老都快快離開了，他再待著也沒什麼用。」端木風沒忽略隆隊長那個頭痛的動作。

「輕不得、重不得，大比前也不能讓你們兩兄弟出狀況，他的選擇，很明智。」北御前客觀地說。

「北叔叔，我——」小玖才開口，北御前就對她搖了下頭。

「妳做的決定，只要是自己想清楚的，北叔叔都支持。」

本來小玖是做了離開家族的打算，但是現在端木傲和端木風都為了護她而不惜違反族規。

小玖如果不顧他們就走，那就不是他養大的小玖了。

「謝謝北叔叔。」小玖抱了他一下。

北御前摸摸她的頭，「在這裡待著，也是一種靜心。」好好消化一下她最近所學、所會的，再熟練。「別擔心外面的事，我會盯著。」

「好。」小玖乖乖點頭。

「晶石不必省。大比前，我再來接妳。」早在小玖還沒有恢復前，北御前就往她的儲物鐲裡陸續塞了不少晶石，現在正好能用。

「好。」小玖又點點頭。「北叔叔，小心。」

「嗯。」朝兩兄弟打了招呼，北御前直接飛著離開思過崖。

小玖一直看著他的背影，直到端木風拍了拍她，「小玖，雪愈下愈大了，我們先回洞裡避一避。」

「好。」她跟著六哥往洞裡走時，突然心念一動，一抹紅光悄然出現，藏進小狐狸的毛裡。

小狐狸一臉嫌棄，似乎還想把東西抖掉，最後僵了一下，還是妥協，跳下小玖的肩，身子一竄，很快就消失雪地裡。

「那隻狐狸去哪裡？」端木風感知到風中的異動，一轉頭，只看到小狐狸竄出去的背影。

這狐狸丟下主人就跑，太不體貼了！

「大概……這裡太無聊了，牠出去逛一逛。反正被罰的是我們三個，不包括小狐狸。」所以牠亂跑，沒關係，隆隊長管不到。

端木風：「……」

希望小狐狸不會弄出什麼動靜，不然隆隊長……大概會想直接把他們踹進禁靈山底，用雪埋了！

第五十二章 小公舉

白日的冰天雪地，轉眼入了夜。

端木傲很迅速就在洞裡燃了個火堆，又把端木玨幫他準備的食物挑了幾樣拿出來，放在簡單的火架上煮或烤。

之前他一個人不用，白天入定、天黑了也入定，除了吃點東西根本不需要火堆這東西。

那時候，當然也冷。

不過冷著、冷著，就習慣了，當鍛體。

但是小玖來了，就不同了。

在有能力過好一點的時候，做哥哥的都不會想委屈妹妹，更不要說是這兩個：一個正朝妹控的路上走，和一個早就走在妹控路上的哥哥。

端木風到外面清掃了一下洞口與石台，免得雪積太多。

咻咻兩下風吹過，石台清潔溜溜。

接著轉身回到洞內，就幫忙烤熟食物。

至於小玖——只要負責在一邊休息，等著就可以了。

「小玖，過來一起吃。」烤好了、湯也煮出來了，端木風第一個盛好，給妹妹。

端木傲則看著半黑不焦的烤肉，率先咬一口，嚐嚐味道後，點頭。

「還不錯。」六弟負責烤的肉，雖然沒有帝都知名餐館做得美味，不過還算可以吃。

端木風有樣學樣，立刻舀一碗湯來喝。

「不錯。」雖然沒有帝都知名餐館和家族裡的廚子煮得好喝，不過暖暖身子還可以。

端木玖無語地看著兩個哥哥。

「我可以……自己做的。」哥哥們這是把她當成什麼小公舉來照顧嗎？她真沒那麼嬌貴。

「我知道妳可以。」這點大概沒人比在天塹森林追過小玖的端木傲更清楚了。能一個人在天塹樹林裡生活三個月，還活蹦亂跳、毫髮無傷走出來的人，不管是實力還是野外生存的技能，都不需要懷疑了。

「但是我們很少照顧妳什麼，現在我們都在這裡，妳就讓我們照顧就好。」端木風揉揉她的頭。

讓哥哥們表現一下兄長愛。

在這一點上，平常其實沒怎麼相處、個性也不怎麼體貼的兩兄弟，意外默契了。

兩個哥哥態度一致，小玖能怎麼辦？

只好像個小公舉，湯來伸手、肉來張嘴地開吃了。

不過有點好奇——

「在家族裡，兄弟姐妹相處……是什麼情形？」

什麼情形？

平時修練就是你揍我、我揍你；一起出門歷練，就是大的把小的踹去當苦力，遇到危險來襲時，先叫小的去練打，真危險了大的再出手，順便把小的從頭到腳挑剔一遍。

最後的良心建議與中心主旨就是：沒事多修練多挨打吧少年！

這些當然沒有說。端木傲一本正經地回道：

「視狀況而定。」

「什麼狀況？」

「啟蒙後，族裡每個人就會慢慢開始修練，除了修練之外，相處的時間並不多。平時遇見了，有平時遇見的相處方法；在家族裡修練，也有修練規則；出外歷練時有歷練該有的訓練。基本原則是：實力強的帶實力弱的、年長帶年幼的，實力弱的、年幼的，負責聽話。」

而出外歷練時，犯錯可以、歷練成績不好也沒關係，行動上則以人員平安為主。

「家族裡人多了，即使是同輩也不一定相互熟悉，血脈相近的感情也不一定就很好，年歲相差多了，可能也相處不來。」端木風補充說道。

人都有親疏遠近，即使是兄弟姐妹，相互間的感情深淺也不能一概而論。

族中的教養方式，基本上有兩大方針：一是努力修練，一是培養族中子弟對家族的向心力。

家族裡的教育方式或提供的修練資源，依天賦、修練程度的差異、晉階的快慢、嫡系旁支而有所不同。

一般來說，嫡系始終是最受重視的一脈，修練的起點與待遇也必定比旁支高。但旁支若天賦夠好，也有機會得到與嫡系相近的待遇，受家族重點培養。

小玖……算是族中比較少見的例外情況。

如果是其他子弟，與小玖相同的狀況，可能早就被忽視了。

但小玖在端木風的堅持與北御前的照顧，加上她的父親聲名影響下，她雖然被嫌棄、放養到西岩城，但一應供給並沒少過——當然，被昧下那種情況是端木義個人問題，並不是家族少給。

「聽起來很正常，但總覺得好像有哪裡不對。」小玖一邊聽、一邊咬著烤肉咕噥道。

「妳一直沒有接觸過家族裡的教育方式，說這些只是讓妳了解一下。」看她盤子裡的烤肉一串吃完，端木風又放了一串。

小玖偏著頭。

「六哥，你是不是擔心我會記恨家族？」

「嗯。」端木風直接點頭。

兄妹之間，說話可以委婉一下，但是來回試探和遮來掩去就不必了。

「本來是有一點的。」端木玖說道。「不過現在，我不記恨，但是也沒有太多好感。」因為該恨的對象是誰，她已經知道了。

「家族行事，雖然不是絕對公平，但至少給了我們庇護和成長的時間。」端木傲講不出太好聽的話，只是中肯地說出自己的感受。

「我明白的，四哥不要擔心。」

「嗯。」端木傲點點頭，也摸摸小玖的頭。

被摸頭的小玖默默把手上盤子裡的烤肉啃完，換喝湯。

「帝都大比，有什麼特別的意義嗎？」一開始，她真覺得那就是選秀表演場。

有實力的想出名的符合出賽條件的，自行報名。

然後經過一番落花流水和流水落花後，終於排出名次，然後頒獎、領獎品。

就這麼簡單。

但是如果就這麼簡單，端木如岳應該不會特別提吧？

這個原因，端木傲倒是猜得到。

「叔公大概是希望，以妳的實力，為家族多爭取一點榮譽吧。」

「……喔。」看起來不是很有興趣的樣子。

「在想什麼？」端木風戳了一下妹妹因為咬烤肉而鼓鼓的臉頰。

端木傲一看還呆了下。

竟然有這種操作?!

下回有機會他也試試。

「在想，有沒有必要參加大比。」咬著臉，不知道自己即將有「臉頰危機」的小玖含糊地回道。

「北叔叔說，妳回到帝都，本來就有計畫要參加大比的不是嗎？」端木風問道。

「嗯。」

「那現在在考慮什麼？」

「參加大比，得了名次，好像會為家族掙一點面子，但是對我來說，好像沒有什麼好處呀。」

「擺脫過去不能修練的名聲，不是好處嗎？」端木傲說道。

「不刻意擺脫，我也一樣可以活得很好的。」所有的事情裡，小玖最不著急的，就是「名聲」。

從她「醒來」到現在，幾乎是一路從西岩城打到帝都，她已經充分明白，天魂大陸上的人愛打架到什麼程度。

一言不合，打架。贏的會出名。

爭個座位，打架。贏的會出名。

買個零食，打架。贏的會出名。

搶個路道，打架。贏的會出名。

看不順眼，打架……

任何地點、任何人，只有你想不到、沒有你想得完的原因，都能打架。

只要贏了，就可以囂張呵呵，講話比別人大聲，名聲也傳得比什麼都快。

小玖估計，她只要在外面打個幾次架，「傻子廢材」之名，就會完全消失得乾乾淨淨。

端木傲、端木風：「……」

雖然打架不是什麼新鮮事，但小玖對「打架」這兩個字，是不是有什麼誤解？

「小玖，妳覺得……『打架』可以解決所有的麻煩？」端木傲慎重地問。

「可能沒法解決所有事，但是，至少可以解決大部分的麻煩。」

像在演武場，還有禁靈山外，以及這個石台上。

不就解決了很多麻煩嗎？

哥哥們：「……」有點心塞。

小玖想得……好像也沒有錯。

在天魂大陸實際上的情形就是，有實力的強者，講話就比較大聲，還可以叫人「不服憋著」。

只是，以力壓人或以力服人，並不是不講道理，這其中的分寸，必須靠自己拿捏，否則總有一天會自食其果。

以小玖的行事看來，她還是很有分寸的。

只是，他們想像中，漂亮可愛嬌軟萌樣的妹妹……

對比實際上，可愛強悍美少女樣的妹妹……

望了望山洞頂，腦袋放空一下，他們還是很堅強地接受了這種設定。

比較安慰的是，小玖不是什麼霸道個性，更不會閒著沒事去找別人麻煩；他們家妹妹，還是很高尚可愛的。

「要是解決不了或不好解決的，我幫妳解決。」端木風接收能力快，立刻拍拍胸脯表示支持。

這樣真的好嗎？

端木傲覺得自己還是比較理智一點點。

「誰敢欺負妳，我幫妳欺負回來。」

喂喂，這哪有比較理智？

端木風看了四哥一眼。

五十步笑一百步，其實都一樣。

「不過叔公的建議，還是很可靠的。在帝都大比上如果能拿回好成績，除了證明自己的實力之外，家族也會給予相應的鼓勵；另外，妳在家族裡，也會比較有人支持，不會有人不識相地來找妳麻煩。」說的話，也比較有人會聽、可以比較大聲。

後面這句，端木風就先省略了。

小玖已經夠覺得「力大」好用，這點不需要再強調了。

「喔。」她點點頭，興趣不是很高的模樣。

「怎麼了？」端木傲問道。

端木風卻想一想，猜到了，「小玖沒打算留下吧！」

端木傲立刻看著她。

小玖喝了一口湯，才慢吞吞地說：

「我不喜歡這裡。」

「為什麼？」

小玖想了想，「感覺。」

「感覺？」哥哥們。

好答案。好個——虛無縹緲的答案。

小玖不能給點實際、好理解的形容？

哥哥們的眼神實在太哀怨，小玖差點笑出來。不過忍住了，又很認真地想了一想：「這裡的人從上到下，眼睛都長在頭頂上，不管面對的人是誰，都是一副『天老大、我老二』的態度，一副『你只能聽我的，不聽後果自負』的模樣。」不但是非觀念差，作風也跟流氓差不多，陰謀也針對自己人。

一個家族大了、人多了，會內鬥不是什麼新鮮事；但是內鬥到聯合別的家族來算計自家，謀求自己的利益，這就很嚴重了。

這跟聯合敵國來謀奪自己的國家有什麼兩樣？都不怕中途或是後來被敵國咬一口或趁機攻占的嗎？

「端木家族……第一太久了。」端木風也嘆氣。

獨占鰲頭太久，就忘了謹慎與戒驕戒躁，也下意識看不起其他人。

這十年來，他走過大陸許多地方，遇見過許多人，才慢慢發現，家族裡隱藏多大的問題。

都不是大錯大毛病，也不明顯，但長此以往，別人也許一時奈何不了你，但只要有機會，卻絕不會放過踩你的機會。

偌大家族，不是不會頹圮。

端木家族屹立再久，也沒有整個大陸久。

而那些傳說中的最強家族，現在又到哪裡去了？

早就消失得只剩傳說了。

焉知端木家族不是下一個？

是，論族中高手，他們數目不輸人。

論勢力地盤，他們依舊是三家族之首。

論後輩頂尖天賦，他們有端木風；其他二族與皇室，同樣各有優秀天賦的子弟。

那又如何？

天魂大陸每次大比後被公認的十大天才，端木家族只占其一；更多的，是出身不顯的魂師、武師，甚至是煉器師。

出身不顯、家族勢小，但通常其長輩都是有名的高手；這些人，輕易惹不得。

也許他們多數沒有抱團成堆，也沒有組成什麼明確的勢力；但誰沒有個三五好友之類的，動了一個，可能不知道會惹到哪個；就算對付得了，可能也得付出不小的代價，得不償失。

這還不足以表示，大陸上實力與勢力的強弱分配，正在改變中嗎？

可惜很多人看不到這一點。三大家族和皇室，同樣也忽略了這一點，對外行事大多依然很囂張。

小玖聽到這裡，立刻很感興趣地問：

「六哥，你有遇過那種笨到在你面前很囂張的人？」

「呃……有。」在外歷練，什麼樣的人碰不到？

等等，小玖這關注重點是不是有點偏？

他感慨的是家族的家風，不是囂張的人的智商有沒有問題啊！

「當時是什麼情況？」吃飽喝足了，小玖拿出三杯茶，一人一杯，然後捧著自己那杯，就興致勃勃地等六哥開講。

小玖妹妹很期待，作為哥哥，只好回想了一下，然後開始講古：

「幾年前，我在東州沿海的一座城，出海的時候遇到一隻六星黑角鯊，當時還有另一支小隊的人在附近……」

東州靠海，無論是傭兵出任務，或是修練者的各種歷練，跑到海面上的機會很多。

那一次，他直接把沒事想攻擊他的六星黑角鯊給打趴在海面上，然後，那一小隊人就過來了，很囂張地說：

「你怎麼把我們追蹤的黑角鯊打死了？我們要活的呀！算了，看在你是外地人的分上，只要把黑角鯊給我們，這件事本少爺就不計較了。」

端木風當場笑了。

搶獵物啊！

這話、這口吻，真是一氣呵成的熟練。

「想搶黑角鯊，可以，有本事，過來。」端木風朝那隊人勾勾手。

「本少爺要的東西你敢不給，在東浪城你也不探聽一下，本少爺是什麼人，敢不聽我的，來人，揍他！」

那位少爺氣勢洶洶一聲令下，緊接著「啪啦」一聲。

「咦？」「啊！」

他們乘的船，當場從中間裂開。

「快、小舟拿出來！」

立刻有人跳船、有人叫出自己的契約海獸、有人從儲物品裡拿出雙人乘的小舟，一邊呼叫自家少爺。

「少爺，快跳船。」

等那位少爺跳到小舟上，以為已經安全，又準備放話的時候，端木風一拳直接把他揍進海裡。

「少爺！少爺……」那隊人連忙救人，還有人忙著放狠話。

「你是什麼人？竟敢打我家少爺，你知道東海城是誰的天下嗎？知道我家老爺是什麼人嗎？有膽報上名來，我家老爺不會放過你的！」這段話說得兇狠又流暢，不知道已經說過多少次。

揍了人還留名，提供方便讓你們來找我麻煩，你當我和你一樣智商低嗎？

「想知道我是誰，自己去查；我等著。」覺得跟這群囂張又沒智商沒本事的繼續說話，簡直浪費時間，端木風收了黑角鯊，當場駕船走了。

然後，他在東海城裡停留了三天，每天逛街吃東西買特產，看到稀奇的也不忘買起來準備帶給小玖。

他完全沒有掩飾行蹤，等著對方找上門報復，結果等來的是一堆賠罪的禮物……

因為，那位老爺已經查清楚他是誰了。

就「端木風」三個字，已經足以讓人再三考慮要不要報復了。

而他後面還站著「端木」兩個字。

那不用問結果了。

東海城有多大，不過東州一座偏遠小城而已。

在東海城再橫行霸道，能橫得過天魂大陸第一家族嗎？

就連同等級的其他家族與皇室，搶到這個人頭上被揍了也只能憋；這不僅不能報復，還要考慮自家準備多少禮物上門賠禮，因為畢竟是自家小輩沒眼力先惹人的……

「……這種事不算稀奇，那位老爺也算識趣，我接受對方的道歉和賠禮，這件事就和平落幕。」過後端木風離開，那位少爺可以繼續在東海城他的逍遙日子。

講古結束，小玖眼睛亮晶晶。

「六哥，賠罪禮很多吧？」

「嗯，不少。」他還把大部分的珍珠、海貝……那些漂亮的海城特產，留下來要送給她。

小玖眼神更亮了。

「這真是個賺錢發家的好捷徑！」

哥哥們當場呆住。

賺錢發家？

這是結論?!

北叔叔，你到底都教了小玖什麼?!

哥哥們在內心咆哮，決定有必要找時間和北叔叔好好談一談，關於小玖的養成問題。

這反應是不是有點歪？

他們現在糾正還來得及嗎？

「噗。」哥哥們目瞪口呆，想要糾正又不知道該從哪裡糾正起的表情，實在太有趣了。

「小玖，妳就沒有別的感想？」端木風一點都不希望他難得講一次古，結果就只給了小玖這打家劫舍──啊不對，是發家捷徑的印象。

「有啊。第一，出門歷練，要有實力。」不然被搶了都沒處說理。「第二，該揍就揍，不要遲疑。」不必跟搶劫的人廢話。「第三，不無故找人麻煩，不怕人找麻煩。」陌生人不必理會。「第四，身為當家人，要夠達觀、捨得下身段。」要是只顧面子，那個家族現在應該就垮了吧！來者不善，揍就對了。「第五，出名要趁早；有出名的機會，就不要放過。」六哥光是十大天才的名頭，再加上天階高手的名聲，就夠嚇得人掂量再三了。

其他以和為貴、得饒人處且饒人的道理，在這裡就不說了。

因為天魂大陸好像沒有這種道理。行事要不要以和為貴、要不要饒人，全憑個人。

這感想，比他們當年厲害多了啊。

想當初大長老舉相似的例子時，端木傲的感想就兩條，一、二。端木風的感想就多了一條，五。

「所以我想，帝都大比的個人賽，我應該要參加。」而且，她想贏。

哥哥們意外又驚喜地看著她。

「怎麼突然決定了？」小玖之前沒有這麼積極的。

小玖笑咪咪地回說：「因為有名，可以嚇人。」

哥哥們：「……」

這回答，怎麼覺得像遇到熊孩子？

不對不對，在亂想什麼；小玖是可愛的妹妹，才不是熊孩子！

「除了嚇人呢？」端木風接受得比較快。嚇人總比被人嚇好。

所以這個志向，可以。

「嗯……還有，不想讓別人說，北叔叔養不好我。」小玖猶豫了一下，才回道。

「嗯，妳一定做得到。」端木傲坐到她身邊，不太熟練地摟了摟妹妹。

妹妹模樣乖乖巧巧的，很好。

「小玖，要不要和六哥參加團體賽？」端木風問道。

團體賽的參加規則是：十人以下為一組。

「我們兩個人一組？」

「加上我。」端木傲說道。

「那大姐那邊？」

「沒關係。」

端木風緩緩笑了。

「如果我們三個人一組，不拿到名次，有點對不起自己。」不是端木風自視甚高，而是——小玖第一次打擂台賽，當然要留下一個美好的回憶。

「當然。」端木傲也是一樣的想法。

為了小玖的美好回憶——兩兄弟默契了。

「那我們要了解一下彼此。四哥和我都是魂師，四哥的防禦，少有人能破；我則是擅長速度與進攻，小玖是武師，擅長的是劍法，對嗎？」

「嗯，我還有小狐狸，牠會噴火。」小玖補充。

「……」火狐狸本來就會噴火，這個他們知道。

小玖顯然很喜歡那隻狐狸，連牠不在都不忘提牠一下。

那火狐狸的火，一半以上的天階高手都能防禦——的這個事實，他們還是不要說出來打擊小玖吧——

不對！

那隻狐狸剛才把端木忠的手臂給燒了。

牠還配合小玖的飛劍，燒了端木忠手臂上的傷口。

火狐狸有這種能力嗎？

以及，不要忘了牠還燒過一個管事的戰績。

「那隻狐狸，是變異火狐狸嗎？」端木風猜道。

「可能……吧……」小玖有點心虛。

關於「品種」這件事，她不是很在意，就一直忽略了。

儘管魂師很重視魔獸血脈的高低，但小玖還沒有這種覺悟。跟她相處最多時間的兩隻魔獸，小狐狸就不用多說，還有一條初遇很兇惡，在小狐狸面前一秒變慫，現正睡覺中的蛇。

除此之外，她對魔獸到底多厲害，還沒有太深刻的感受；比較感受到的，是魔獸鎧化後帶給魂師的戰鬥力。

不得不說，鎧化後的魂師，是不好對付的。

如果不是在天塹森林裡煉製了流影劍，這一路到帝都，她可能早就吃虧了。感謝師父。

「既然妳習慣使用武技，那就不要急著契約魔獸。」端木風還是想要妹妹契約一隻明確的、血脈強大的魔獸。「對了，這個是禮物，不可以不收。」他拿出一只儲物戒指，遞給她。

「是什麼呀？」有禮物收，她還是很期待的。

接過儲物戒，她用神識一看——哇唔，真是差點被閃瞎了神識眼！

一箱大大小小、至少七種顏色的珍珠，一箱看起來灰撲撲的石頭，一小盒各種亮度的晶石，兩箱布料，一箱魔獸身上取下的骨頭、牙齒、爪子等材料，一箱毛皮，一箱輕軟半透明的衣料……還有幾把品階不等的魂器。

「六哥，你不會把在外面歷練所得到的東西都送給我了吧？」這麼多，滿滿都是六哥惦記她的心意……

「只有一半。」他本來想給更多，後來考慮到她能使用的東西，才簡化成一半。「還有這個。」

他心念微動，一顆需要雙手才能抱住的蛋立刻出現在他懷裡。

「這也是送妳的。」

「魔獸蛋?!」端木傲很驚訝。

「這個是我和朋友在北方探險的時候，意外得到的。我已經有了契約的魔獸，所以這顆，送給妳養。」

端木風得這顆蛋的時候，小玖還不能修練，也沒有行動能力。

那時要契約魔獸當然不行，但是魔獸蛋可以。

當魔獸破蛋而出的時候，牠會認定最接近牠氣息、牠第一眼看見的人。

只要守著蛋破，不用契約，小玖也能得到一隻會保護她的魔獸。

可以說，即使在外歷練、身處險地，端木風也沒忘記這個妹妹；連戰利品都找適合她用的。一心只有妹妹。

「六哥，這太貴重了。」

「沒有妳貴重。」嚴肅。

這句話太甜了，小玖很不合宜地想到，如果對象換別的女生，大概要拜倒在六哥的——鎧甲下了。

「六哥，我有魔獸了耶……」想到小狐狸，她覺得，她不能亂接收魔獸。

「收著。」端木風把蛋放到她懷裡。「妳可以用魂力感覺一下，魔獸蛋裡面的氣息。」

至於小玖有魔獸……他沒聽見。

「六弟說得對。」端木傲也贊同。

只有契約了的魔獸，才能待在小玖身邊，他們也才放心。

「這個……」不收好像不行。「是什麼蛋？」不能和狐狸……是天敵——等等，魔獸有天敵這種說法嗎？

「不知道。」端木風很光棍地回道。

「呃？」

「所有的魔獸蛋，在還沒有孵出來之前，一般都看不出種類；除非你在拿到魔獸蛋時，就已經知道牠是什麼。」對於小玖的「常識不足」，端木傲也算深有體會，所以接著解釋，然後問端木風：「你在哪裡得到這顆蛋的？」

「北方。不過當時那個地方沒有其他魔獸，是一個比較隱秘的地方，我也是不小心掉進去，才遇上這顆蛋。」無主的、又沒有魔獸顧守的蛋，不順手帶走簡直不是魂師。

「等牠破蛋而出的時候，自然會把妳當成是父母，無論牠是什麼，都沒關係。」端木風只差沒明說，就算品階不高也沒關係，忠於小玖，把小玖看得比自己重要就行了。

總之，不虧。

於是，小玖點點頭。

「那我收著，謝謝六哥。」心念一動，懷裡的蛋就被她放進儲物手環裡。

至於怎麼養的問題……等小狐狸回來再說。

接著又轉移了儲物戒裡的東西，然後將儲物戒還給六哥，才特別仔細地查看那些能拿來使用的煉材。

看著兩個哥哥，再看看目前有的煉材，對照師父給的那本煉材大全的說明，小玖想了一下，覺得可以煉製點什麼，送給哥哥們。

師父說的，煉器就是要多練習。

當然，四星以下的成品最好不要被他看見，否則就要罰她去當流浪漢。

所以趁四哥收拾鍋具、六哥開始搭帳篷的時間，她已經大概想好要煉製的東西，開始分類材料。

突然，她神識有感，哥哥們同時感覺到有東西來了——

一抹紅色流光就從洞外竄進她懷裡。

原來是小玖的火狐狸，哥哥們繼續搭帳篷。

「小狐狸，你回來啦！」她很高興。

小狐狸抖了一下——不對，不用抖，身體魂力轉一下，紅毛上累積的白雪就全部蒸發了，連融化的動作都省略了。

趕快休息。

「為什麼？」

因爲我們很快就要逃命了。

第五十三章　小玖所不懂的醋

逃命？

小玖一頭霧水，但很快，她就知道原因了。

說完那句話，小狐狸就在她懷裡閉眼休息了。

小玖只好打消要煉器的念頭，望了眼黑濛濛的洞外，一直沒停過的雪花，才和哥哥們各自進帳篷。

午夜過後不久，當天色開始矇矇亮的時候——

「唏……唰……」

雖然是極細微、聽起來有些遠，但在帳篷裡以入定取代睡眠的三兄妹，還是同時睜開眼，並且打開帳篷。

一走出來，就看見彼此。

「你們都聽見了？」端木傲問道。

「嗯。」端木風和小玖同時點點頭。

在小玖肩上的小狐狸這時才睜開眼。

「嘩啦。」

這次的聲音比較大、比較明顯一點。

端木傲拿出光石，照向洞外。

洞外的雪，不知道什麼時候已經停了。

但地上的積雪，卻不完全是固態的，有少部分像是在融水。

小玖立刻看向小狐狸，又想到禁靈山的「四時變化」。

兩人神識相通，小狐狸直接對她點頭。

「這裡也會淹？」

會。

小玖回想了一下思過崖的高度。

再回想一下昨天來的時候所走過的山勢。

簡單來說，思過崖就像盆地地形裡一座凸起的山崖——

「四哥，如果我們是逃命跑出去，應該不算越獄吧？」

這輩子從來沒想過自己有天會「越獄」的端木傲和端木風，石化了。

當個犯人，還算瀟灑。勇於承當嘛！

當個逃犯……這也太不華麗了吧！

「嘩啦！嘩啦！」

「砰！嘩啦！」

整片思過崖的冰雪都在融化。

遠處還有如海水倒灌般，波濤洶湧的大水沖流而來。

即使以魂力布身隔絕冰冷的低溫，他們也能感覺到，溫度正在急遽下降。

不冷不代表可以不用魂力護身，更讓人著急的是，門柵鎖著，思過崖上的人有好幾個！

水流這麼大聲，睡得再沉的人都被吵醒了，一看到洞外的情況，傻眼。

「水?!」

「淹上來了！」

「這個時候怎麼會有大水？」

「現在根本還不到淹水的時候吧！」

「現在是研究這個的時候嗎？快想想我們要怎麼辦？」

他們根本出不去啊！

「六弟，你立刻去找隆隊長來。」水勢太猛、冰雪也融化得太快，端木傲當機立斷地說道。

當水漫思過崖，沒有空氣、那太過冰冷的水，加上重力與靈氣的限制，有再多魂力也撐不住，必須離開。

而能開門柵的人，只有一個。

「那你和小玖——」

「我們會在空中觀察狀況，放心，不會被水淹到。」

「我知道了，小心。」說完，端木風身形一動，迅速飄遠。

端木傲則收了三個帳篷，帶著小玖就飛到空中。

小玖看得咋舌。

這麼多水，哪裡來的呀？

這淹大水的兇猛，跟海嘯末日有得拚啊！

同樣是海嘯末日般的淹大水，造成的後果，卻完全不一樣。

在小玖前世所在的地方，一淹大水，逃命都逃不掉，動輒死傷多人、身家財產全泡湯，損失難以估計。

在天魂大陸，救人要快不要慌，逃命不要太緊張。

就算遇到山崩地裂，用魂力總能多撐一會兒，等到救援——隆隊長來開門柵。

接著跑出去的快慢就看個人速度了。

沒有跑也有執法堂的人接應——如端木忠這種的。

一個時辰後，天色籠罩整座禁靈山，無一人傷亡，財物無損失——因為大家都揮揮手就收進各種儲物空間裡了。

一離開禁靈山，春暖花開的帝都氣候，差點讓人適應不良。

但無論適不適應，所有人員暫時換地方思過，刑期不變，不得擅自離開。

小玖兄妹三人被分配在執法堂後方的一個小院子裡，正好三間房，院門外有兩個執法堂弟子守著。

「請三位各自回房，直到禁閉時限結束之前，無命令不得離開房間。」執法堂弟子說道。

自從有禁靈山以來，從來沒有時節提早變換的前例，大長老一收到消息，就立刻做了相應安排，等所有人都從禁靈山撤出之後，他就帶著人親自去查看禁靈山的狀況。

在沒有找出異常狀況的原因之前，執法堂對任何事都從嚴處理。

三兄妹很配合地各自挑了一間房，門被關上、設下禁制，不能相互往來。

這待遇，還不如在思過崖自由呢！

但現下正合小玖的意。

她需要一點獨處的時間，所以進房間後，確定禁制開啟，她就抱著小狐狸一閃身，進入巫石空間裡。

◈

一進巫石空間，小玖懷裡又多出「一坨」。

「啾啾！」玖玖等好久。

「噗，焱，你應該說，你等我等很久啊。」小玖把撞過來的這坨抱正。

兩條手臂，一條抱一隻。

「啾，啾。」嗯，想玖玖。

焱蹭手臂。

「哼。」那邊小狐狸不太看得下去。

焱立刻嗆回去。

「啾。」哼！

「哼！」

「啾啾！」哼哼。

「不要學我。」

「啾啾啾！」你才不要學我！

「聽不懂。」

「啾啾啾啾！」你明明聽得懂，不要假裝聽不懂！

「哼。」不理了，趴近玖玖的懷抱一點。

「啾啾啾！」玖玖，牠不乖，不要抱牠。

「你們兩個一起出去，然後吵架了？」

「啾啾！」沒有。玖玖不要跟牠在一起。

「沒有。」跟隻啾啾啾能吵什麼？除了牠特別吵。

很好，雙方都堅持沒有吵架，答案很統一。

但是後面那句，明顯對彼此都很不滿。

小玖看看這個、再看看那個，覺得她這個裁決人有點難做。當下決定，跳過這個問題。

「你們跑去哪裡？」

「啾啾。」我來說我來說。

「你很吵。」

焱立刻轉向。

「啾啾！」你才吵。

「啾。」這聲，是蒼冥發的。

焱，一呆。

「啾？」啾？

「呆。」嫌棄。

焱：「……」呆滯了好幾下，然後——

「啾啾啾啾啾啾啾——」%&〈$@@*（……

小狐狸抬爪，丟了一小把火過去，焱不小心就張嘴把火吞下，頓時就忘記繼續叫。

然後一回神。

奸詐的狐狸，竟然「利誘」牠！

「啾！」

當場怒叫一聲，反丟一把火回去。

狐狸伸出一隻前腳接住，爪子晃了下，火就消失不見了。

小玖：「……」

感覺像一百隻鳥碰到一百隻鸚鵡。

有什麼差別？

差別就是一隻啾啾啾、一隻講人話，這樣也可以互相叫得不亦樂乎。

現在吵架不夠看，要互相丟火了。

讓這兩把火一直丟來丟去，空間裡還能有好地方嗎？

小玖一點都不想住在焦土上！更不想舉目望去，天上地下遠山近水，統統一片焦、焦、焦。

就在一焱一狐準備互丟第二把火、然後把丟火這項活動進行下去的時候，小玖先把兩隻丟出去了。

咻——咻——

兩隻在空中各轉了一圈，暈暈站在空中。

意識到發生了什麼事之後，第一個動作就是衝回到小玖肩上，一隻霸一邊。

焱正準備先叫，小狐狸突然出聲：

「等等。」

焱的叫聲頓住——等等，牠幹嘛頓住？牠才不要聽牠的——

「那是什麼？」

小狐狸盯著一顆——正在滾動的蛋。

發現自己被盯住了，那顆蛋還自己滾遠了一點，然後，繼續滾動。

「六哥送我的。」小玖稀奇地看了一眼。

蛋會自己動啊！

「啾？」又來一隻爭寵的？

小狐狸眼神瞇了下，滾動的蛋突然頓住，抖了幾下，然後默默、悄悄的，想滾遠一點……

「過來。」小狐狸說道。

那顆蛋——立刻以衝冠軍的衝勁，滾過來。

但是在小玖面前急煞車，一點都不敢撞上去。

「小玖，輸入一點魂力給牠。」小狐狸說道。

「為什麼？」一邊問，一邊照做。

那顆蛋好像發現很舒服的喟嘆聲。

「讓牠熟悉妳的魂力，順便給牠補一點元氣；牠營養不良。」

「魔獸蛋也會營養不良？」她一臉稀奇。

「嗯，牠是一顆過期孵不出來的蛋！」

小狐狸一形容，那顆蛋……好像嗚咽了一下。

不知道是嘆自己營養不足，還是傷心被批評成「一顆過期的蛋」。

「過期——還可以孵出來？」有點無語。

「本來是孵不出來，不過大概因為待在妳六哥身邊一些日子，吸收了一些靈氣，所以一口氣撐著；現在妳再給牠一點魂力，加上這個空間，牠要是再長不大……

就把牠剖開當煉材。」

那顆蛋立時抖了抖，「嗡嗡」兩聲，飛速滾到一邊去，下定決心一定要好好長大。但願牠孵出來前，這位老大不要再想起牠了——不然，牠的蛋生恐怕就要絕望了。

小狐狸很滿意牠的識相。

「牠……還可以，等牠孵出來後，讓牠和黑大一樣待在妳身邊。」保護她，作為她契約獸。

「我可以契約兩隻魔獸？」

「有我，妳想契約幾隻就幾隻。」小狐狸霸氣地回道。

「那六哥他們也可以嗎？」

「能契約兩隻以上魔獸的人並不多，原因都是因為神識不夠強大；人族的神識，要能壓得過魔獸，尤其是高階魔獸，那是很困難的事。所以大多數的人，能契約一隻魔獸，就很了不起了。」

有一隻已經很不錯了，至於兩隻以上，沒有足夠神識的人，就等著被魔獸的神識反撲。

之後會有兩種結果：

一、人族反被魔獸契約。魔獸是主，人族是僕。

二、神識承受不住壓力而崩潰，魔獸自由，正常人當場變癡呆。

「而妳——的靈魂很強大，不用擔心這個問題。」雖然他不知道是什麼原因，讓她的靈魂強度遠高於一般人，但是——能被牠放在心上的人族女子，本來就應該與眾不同。

「至於這顆蛋，等牠快孵化的時候，妳再進來看牠；如果牠敢不聽話，就叫黑大教訓牠；不然就叫這隻啾用火燒牠。」

已經躲得遠遠的蛋，忍不住又抖了下。

於是，還沒「出生」的蛋，在意識還沒發展完成，已經先有了第一個概念。

就是，一定要聽主人兼媽媽的話。

焱終於找到機會出聲了。

「啾啾！」才不聽你的，不用你說，讓玖玖不高興的人或獸或蛋，我都會燒！

「你也只有這項優點了。」

「啾啾！」胡說，我有很多優點！

「看不出來。」

「啾啾啾啾……」＃$％〈&！〉％@……

焱已經氣到不知道自己在啾什麼了。

小玖頭痛。

「你們兩個，別吵了。」

「啾~啾啾啾啾！」小玖別生氣，我們氣那隻狐就好，都是牠不好，先惹我，又惹妳生氣。牠不好牠不好都是牠不好。

告狀？

切，小狐狸不做這種幼稚的事。

「我和牠不在妳面前吵了。」這是保證。

當然，「她面前」以外的地方，是會吵得天翻地覆，還是互相丟火燒得不亦樂乎，那就不知道了。

小玖似笑非笑地看著小狐狸。

「不在我面前吵？」言下之意……哼哼。

「吵吵更健康。」對於相看兩相厭的兩個人，要求牠們從此相親相愛不現實，小狐狸覺得，相愛相殺比較適合牠和焱。

當然，不會真的吵出命案或傷害對方就是，小玖可以放心。

雖然不滿意，但這保證真的相當良心誠實了。

小玖看看這隻、看看那隻，嘆氣。

「好吧，你們不要吵到我，也不要傷到對方，否則，我真的會生氣。」真不懂，牠們到底看對方哪裡不順眼哪？

「啾！」好噠！焱聽話。

「蒼冥的話，從來算數！」

兩隻同時開口，然後兩隻對看一眼，「哼」，別開頭。

小玖：「……」

完全不能理解這兩個完全不同的物種怎麼能相看相厭到這種程度，吵起來完全幼稚。

焱嘛，就是小孩子。

但小狐狸這時候，就明顯地顯示出，牠不是小孩子。

因為在吵架中，偶爾對她說話的時候，牠能立刻從幼稚吵架回到不幼稚狀態。然後跟她說完一句話，又立刻回去幼稚吵架。

這速度簡直跟變臉一樣快！

焱心，狐心，太難懂了。

但是，焱和小狐狸的保證，還是可以相信的。

於是小玖決定不研究這兩隻的人設了，隨牠們高興、別搞破壞、不要受傷就行。

最重要的是，不要在她面前吵，她現在有要緊的事要做。

進到巫石空間，小玖照例先到有著先祖牌位的洞窟行禮祭拜，然後再出來找個地方，把煉材拿出來，一樣一樣查看、分類。

「啾？」玖玖要煉器？

「嗯。」

「啾啾？」焱，幫忙。要煉什麼？

「護身魂器。」

「給那兩個人？」小狐狸直接聯想。

「嗯。」

小狐狸趴在她肩上看著她的動作。

煉器牠不懂，但他們之間有魂契，她可以自由使用牠的火焰，這也算，有幫上忙吧！

至少，比那隻還在吵的幫忙。

焱見狀，立刻也安靜下來。

牠比牠乖，玖玖一定可以看出來。

小玖：「……」連乖也要比。

不要以為你們什麼都沒有說，我就什麼都不知道，你們的想法，我都感覺到了。

焱和蒼冥當下也感知到小玖的心情，立刻什麼都不想了，只想著小玖。

小玖整理好材料，再拿出師父給的《煉材的世界》對照，確定自己歸類無誤後，再拿出師父特別強調，他「嘔心瀝血」寫成的秘密筆記——正不正確有待驗證的那本，找到陣法那一篇，把需要用到的再詳細記下來一遍。

然後收好物品，開始靜心，慢慢在腦海裡，將煉器的過程演練一遍。

這時候，焱和小狐狸不約而同飛離她的肩膀，一左、一右，在距離她三丈處的地方待著。

接著紅光一耀！小狐狸瞬間變成一名紅髮美少年，他雙腿盤坐、支手托腮。

感應了一下……什麼都沒有。

在這裡，果然感知不到天魂大陸的天地規則，也就不受天魂大陸的規則限制。

雖然一時不能確定是什麼原因，但他卻隱隱有種感覺——他化為人身的時間還是不能過久，才比較安全。

看著小玖身上的氣息從紛亂轉為沉靜，從沉靜中積蓄力量，然後手一張，器爐一顯、火焰燃起。

小玖閉著眼，緩緩轉動器爐，感覺整個器爐的溫度，好一會兒，才開始將材料一一丟進器爐裡。

金剛石、金曜石、火岩石、火岩晶、鯊齒、鯊骨……都是堅硬的材料，最後還有半克重量的黑雪礦，用來增強防禦力量和提升融合度，再加兩顆……青色和湛藍色珍珠？

「啾啾。」這他就不知道了吧！呵哈哈哈。

焱很高興找回存在感，頓時飛到他面前，快樂地搖頭擺尾的。

「說說看。」

「啾啾～～」喔呵呵呵～～

「不想說，那就千萬別說，我可以問玖玖。」紅髮美少年一點也不急。

「啾啾啾啾！」不准你去找玖玖，才不給你接近玖玖的機會！

「啾啾啾啾！」你不要我說我偏要說，不准你去問玖玖；加珍珠，是為了給魂器增加美感的。

珍珠怎麼替魂器增加美感的？

當魂器完成的那一刻，蒼冥就知道了。

一天青，一深藍。

戒指形的魂器，除了顏色的分別，外型看起來一模一樣。

兩顆珍珠，不但奉獻了各自的顏色，還奉獻出光澤，讓戒指看起來晶瑩又剔透。

但光華只有成形的那一瞬間。

當戒指離開爐火的鍛灼後，晶瑩的光華立即內斂，成為兩只外表黑沉沉的普通戒指，停在小玖手上。

「五星……魂器，妳對哥哥們，真好。」

「因為哥哥們對我更好。」是錯覺嗎？怎麼覺得蒼冥的語氣……有點酸酸的？等等……哥哥們？

是簡稱吧！應該不是蒼冥在跟著她叫哥哥吧？

「啾。」玖玖休息。

焱在她肩上跳了下。

「好，我得出去才行。」小玖摸了摸牠，然後看向蒼冥。

煉器花了好幾天，不知道有沒有被發現她不在房間裡，得出去看看才行。

蒼冥自動變成小狐狸，飛進她懷抱。

這意思很明顯，就是跟著她一起出去。

「啾啾，啾啾。」我留在這裡，玖玖有事就叫我，有空要進來，驚喜，給玖玖。

「好。」焱雖然看起來很好，但她知道，其實牠還沒有恢復到原來的狀態。

為了護著她，焱幾乎都要把自己的本源給用掉了，雖然恢復需要時間，不過，焱的火焰似乎也在變化中。

焱蹭蹭小玖的臉頰，撒嬌叫道：

「啾啾。」我很快就會好，玖玖不要擔心。

「好好的。」摸摸焱。

小玖這才抱著小狐狸一閃身，就回到禁閉的房間裡。

石頭堆還動了一動，像在藏什麼似的，把焱摀得更嚴實。

焱乖巧地叫了一聲後，就自動飛去石堆裡，藏進去不見了。

「啾。」

大比前三天，執法堂弟子準時開啟禁制，小玖、端木傲、端木風，終於被放出來。

兩個哥哥，一出來，就被大長老帶走，名曰：特訓。

小玖就去仲大——呃，師兄家找北叔叔，然後三人一起在帝都大街小巷吃吃喝喝買買買。

只是上個街，都可以明顯感覺到，帝都的人比她剛來的時候更多了。

除了固定商舖之外，臨時市集也開放了好幾處，供人隨時租借攤位買賣，挖到寶和被坑金幣的機率驟然提高。

到了大比當天，一大早，端木傲與端木風、秦肆三人就來到仲奎一的住所——找妹妹。

「小玖（九小姐）。」

「四哥、六哥。秦肆，你還好嗎？」

秦肆一開始是跟她和北叔叔在一起，但一回到本家，他就先去找四哥，結果因為四哥被關在思過崖，秦肆也連帶被罰，關在執法堂地牢。作為護衛，秦肆受罰的程度比端木傲重，不過還在他的承受範圍內。

「我沒事，謝謝九小姐關心。」

「你也要參加大比嗎？」

「四少說我可以一起參加團體賽。」秦肆笑得有點傻。

看了看時間差不多該出發了，北御前說道：

「走吧。」敘舊可以有空再說。

六人一同向外走。

作為「家長」，北御前和仲奎一今天是跟去當啦啦隊的。

在帝都中區，他們還可以凌空飛行，飛了一個時辰後，接近東區範圍，周遭聚集的人就愈多。

幾乎所有人都湧向大比舉行的地點，而且在進入東區前一刻，不約而同紛紛落到地面上。

一眼望去，就見皇家護衛隊與客串來當護衛隊的傭兵們嚴守各個街道。

四面八方，到處都有護衛隊監視著。

六人一落地，就分成前後兩行。

端木傲、端木風兩人把妹妹護在中央，北御前、仲奎一、秦肆三人在後。

六人不疾不緩地走在人潮中，順著人潮往大比會場的方向前進，最大程度避開與人衝撞的機會。

護著小玖，端木風一邊往前走，一邊對她說：

「大比期間，帝都東區上空禁止飛行，所以一進入東區，我們只能用走的。另外，魔獸不許上街。所有刻意滋事、擅自在街上鬥毆者，以帝都刑罰抓捕、參賽者取消參賽資格。」

「魔獸不許上街？」小玖立刻想到肩上的小狐狸。

她和小狐狸不會被護衛隊的人逮去吧？

端木風看了小狐狸一眼，那眼神……不形容也罷。

不過他整條規則補充說完：

「魔獸的體積，大小超過半個成人，則不許單獨上街。」這條規則的出現，純粹是因為大體積太占空間了。

……牠是不是被小瞧了？

這個人族是不是對狐有什麼誤解？體積超過半個成人大小的魔獸，到處都是好嗎？至於牠的真實體積……不對，是「本體」大小，為什麼要讓這群愚蠢的人族知道？不是誰都有資格見到本尊的本體的。

小玖趕緊把肩上的小狐狸移到懷裡抱著，免得小狐狸暴走。

「那就好。」小玖笑了笑，安撫小狐狸。

有種除了焱，小狐狸跟六哥遲早也會吵起來的預感。

數百萬人同時往一個方向湧去，可想而知即使有很多條街路可以走，每條街路都寬過百米，街道依然擁擠。

即使有皇家護衛隊和傭兵們守著，街上還是發生好幾起爭鬥事件。

「這種時候，無故鬧事的，一律改道參加『皇家免費飯店』觀光行程，日期不定。」端木風說道。

「皇家免費飯店？」小玖默默看向四哥。

「大牢。」端木傲想了想，再加一句：「大比期間，飯店通常都會客滿；多的人就會住到別館去。」

「別館？」又看向六哥。

「山明水秀的風光，景色可以和思過崖媲美。」端木風指了個方向。

山明水秀？

小玖懷疑地看向那座——土黃土黃、光禿禿的山。

「左邊有青山、右邊有湖，山體本身土黃黃，跟思過崖的一片白茫茫相同，只有一種風景。」端木傲補說明：「那座山，是皇室用來關押犯人的另一處牢房。」生存環境比思過崖艱苦多了。

小玖默默又回過頭來看六哥一眼。

六哥，你的形容風格……真是清奇。

「小玖，萬一有天妳和皇家護衛隊意見不合的時候，就報『夏侯駒』的名號，如果夏侯駒不幫妳解決，回頭我揍他。」他可捨不得自家小妹妹去參加飯店觀光行程。

「我們這麼久沒見，重逢的第一句話，就是聽到你說想揍我；這種『想念的力道』，真是讓人……感動啊！」

第五十四章　人擠人的帝都大比

端木風立刻循聲看去。

一個身穿暗青色鎧甲、身形高大勁實的男子，揚著披風，龍行虎步而來，停在距離他們一丈遠的地方。

這種洶洶的態勢……周遭的人不由自主全部退開一點點。

街道中央，原本滿滿的人潮，頓時自動清出了一個直徑三丈的圓形空地，所有人繞著旁邊走。

不繞開一點，萬一他們打起來，作為路人的他們被波及了、被請進皇家飯店參觀什麼的……就太冤枉了。

要知道，一旦進了皇家飯店，不是被迫住上幾天而已，還會直接錯過大比的場面，最後還可能得付錢或做工才能走人，簡直虐身虐心虐荷包。

所以，他們寧願麻煩一點，這種時候讓開一點，也不想自找麻煩。

但是不少人邊繞道邊轉回頭。

好想知道接下來會不會打架呀，但又怕來不及走到大比的競技場會錯過大比開場，還怕停在這裡被連累，好糾結呀……

就在大家糾結著，期待又擔心可能發生流血衝突的時候，端木風抬起一隻手，揮了揮。

「嗨，阿駒。」

夏侯駒面無表情地抬步，酷酷地走到他面前，眼神像在瞪人。

然後——

「阿風！」

「阿駒！」

兩個男人同時大張雙臂——

「好～久不見啊！」

以要把對方撞倒般的速度撲向彼此。

以勒死對方般的力道互相擁抱擁抱。

臉上還流露出「實在好久不見看到你我好高興好感動好激動好想哭」，宛如失散了不知道多少年，卻突然在街頭撞見爹娘般，不敢相信得驚喜到想哭想笑又哭哭笑笑的濃重表情。

圍觀群眾下巴差點掉下來。

「哈啊？」

他們緊張了半天，就給他們看這個？

緊緊擁抱了一下後，沒勒死對方也沒撞翻對方，接著感動的表情一收，開始互相數落：「你終於捨得出現了！」

「你也一樣，幾年沒回來了吧！」

「五年沒半點聯絡，我們還是不是兄弟啊？」這水一淹就爛了的紙糊的感情啊！

「你也好幾年沒半點消息啊，還是不是兄弟？」這雨水般一乾就消失的情分啊！

「……」圍觀群眾好不容易把下巴撿起來，結果馬上變成頭上冒黑線，一條接一條。

小玖，默默地移往四哥身邊一點點。

「六哥和夏侯大哥……感情非常好？」還是感情非常差？

瞬間想到面合心不合、見面你好我好你挺我挺、不見面互相捅刀子捶心肝的狗血八卦情……

「嗯。」端木傲酷酷點頭。想了想，補了一句：「打出來的感情。」所以真一言不合當場開打，小玖也不要擔心。

……好吧，她想多了。

這世界就沒那麼多狗血，這相愛相殺、互相吐槽什麼的，也是一種日常感情模式。

「算啦，雖然你沒什麼良心，但有個可愛的妹妹，我就不計較了。」他很大度。

而且，他還一路把人給帶回帝都，很義氣的。

「算啦──才怪！我聽說了，你半路誘拐我家嬌嬌軟軟、天真善良、漂亮可愛、涉世未深、不知壞人心又容易被欺負的小妹妹。」

「……」喂喂，漂亮可愛他承認、涉世未深也沒錯，但嬌嬌軟軟、天真善良、不知壞人心、容易被欺負，你確定沒說錯？

把這些形容詞套在你家小妹身上——尤其是最後一句，你真的不是把良心蓋起來說的？

還有，他哪有誘拐？

明明他就是秉著良心在照顧兄弟家的小妹妹好嗎?!

他滿腔的兄弟情受到打擊了。

「你居然這麼誤會我的用心，枉費我還常常念著你，看到你家小妹很開心、想到我們很快可以再見面一起喝酒什麼的還超級期待……結果你竟然這麼想我……」簡直無天無良無情無義無理取鬧！

「喝酒，你請嗎？」端木風一臉嚴肅地問。

哈啊?!

圍觀群眾下巴又掉了。

一番兄弟情傷心加指責，結果他就只聽到一句喝酒？而且一副要對方請客的樣子？

這劇情發展真的對？他們還一直看下去是不是有點傻？

「老規矩。」講到請客這問題，滿腔義氣怨氣可以收起來。

親兄弟明算帳。

紙糊的兄弟情更要好好算帳。

這問題必須嚴肅以對，半步不能退讓。

「大比後？加他們。」指了指周邊幾個人。

小玖、四哥、北叔叔、仲大師、秦肆等，都有份，請客的人要全請客，帝都第一酒樓貴賓房。

「一言為定！」阿沙力！

擊掌！

兩水一乾就消失的兄弟情表演完畢，沒有大家期待的相愛相殺和暴力的開打畫面，當場六人行變七人行。

「北大人、仲大師，阿傲、秦肆、小玖妹妹，又見面了；剛才讓大家見笑了。」這個時候，夏侯駒才有時間打招呼。

身為皇子的禮儀——即使長期混跡傭兵界，行事作風熱血爽朗不拘小節，但骨子裡他還是保有皇家教育的禮儀風範的。

北御前、秦肆表示不介意。

「沒關係。」仲奎一微笑。

「習慣就好。」端木傲端著表情，無意識插了人家心窩一箭。

「……」阿傲，你是故意的吧！你明明知道我平常不是這種人。

「原來夏侯大哥本性是這樣子的啊！」小玖一臉受教了，以前看到的都不是真的。

無意識插心窩第二箭。

「……」夏侯駒哀怨地看了小妹妹一眼……心好痛！

「不是，只有遇到妳六哥才會這樣，他帶壞我的。」他努力挽救自己充滿熱情爽朗有情有義的光輝形象。

「這本來就是你的本性。」端木風一點都不幫他掩飾。

「喂！」夏侯駒瞪他。

這麼拆台還是不是好兄弟。

「在小玖面前，一切兄弟關係都是雨水做的。」端木風給他一臉特別善良的微笑。

夏侯駒：「……」

友盡！

夏侯駒氣呼呼轉身走了——好幾大步，又轉回來。

「不揍你一拳，我太虧了。」說著，夏侯駒就一拳揍向端木風的肚子。

端木風側身閃過，抓住夏侯駒的手腕。

才疑惑著阿駒怎麼說打就打，就聽見他一句極低的聲音：

「小心陰家。」說完，又重重哼了一聲，收回拳頭，轉身一臉氣呼呼地走了——演戲演全套。

外人看得一頭霧水，但那句話，六人都聽見了。

而且演全套什麼的——表示他們現在正被監視中嗎？

端木風若無其事地笑了笑：

「沒事，大概早上吃多了，力氣沒處使，沒事找事。」

端木玖：「……」六哥，你這樣說如果夏侯大哥聽見了，肯定會衝回來真的揍你一拳的。

帝都大比會場，設在帝都東北角的一處，利用天然地形，環繞周圍幾座小山丘置建而成一個，足以容納超過五百萬人的大型競技場。

整體來說，競技場依橢圓形的形狀而建。

競技場中央，一字排開，有九座高逾兩米的大型擂台，每座都大得足以容納五千人有餘。

擂台後方，有一處斜形看台，上面有主辦方與裁判、來賓等席次；另外左、右、前三方，則設置了許多供參賽者臨時就坐的座位。

然後隔著十丈的距離，是一整個環形的平面座位；再外圍，就是一連串由地面延伸向空中的看台座位。

平面的，多是參賽者的座位，而純觀眾者，愈往外圈，座位席次愈多且高度愈高。

這種設置，是讓即使買到的座位在最外圍的觀眾，也能看到場中央的比賽狀況。

大比預計辰時未開始，但從進入卯時，競技場大門一開，就不斷有大批人潮湧入，快速填滿上方看台區的觀眾席。

五年一次的帝都盛事，就算沒參加也能湊湊熱鬧。

說不定，還能親眼見證下一個大陸天才誕生呢！

附帶，還可以在開賭盤時下注一下，說不定運氣一好……不但票價賺回來，連下個月的生活費都有了。

「你們說，這次大比奪冠的會是誰？」

「這個嘛……代表皇室和三大家族的人獲勝的機率還是比較高吧。」但到底誰會贏，得好好推敲一下。

「但是，聽說皇室家的子弟，除了已經參加過大比的，剩下的年紀都太小，所以不準備參加這屆的大比個人賽，只打算參加團體賽。」所以，皇室子弟獲勝這個考慮項可以去除了。

「公孫家，是六少和八少吧。」尤其是六少，天賦最好，上一屆錯過大比，這屆參加，應該有機會晉入十大天才之列吧。

「歐陽家參賽的，是七少吧。」三十歲以下，好像只有……他是天階。

「端木家族，是七少和八少報名吧。」聽說實力不錯。不過當然比不上端木六少那麼驚才絕艷。

端木六少，在上一屆大比簡直搶盡所有人的亮點，從此天魂大陸無人不識端木風。

幸好他不再參加。

三大家族嫡系，就這些人了吧。

至於其他旁系的，還不足以列入討論。

這樣分析起來……好像公孫六少奪冠的可能性最高。

個人賽限定在三十歲以下，只要有魂師或武師認證的人都能報名參賽。

但名聲在二流以上的家族派出的參賽者，多半非入天階不參賽，以免丟家族的臉。

所以在參賽人數上真的不多。

「其他以外的家族，多半也都有一到三人參賽，只有一個家族，參賽的人數特別多。」

「你是說陰家吧！」

「沒錯，三位少爺加兩位小姐，全是天階。」

「哇！」眾人咋舌。

陰家這次是打算奪冠，把三大家族的面子踩在腳下嗎？

「如果要說嫡系子弟，端木家……好像有另一個人也報名了。」

「誰？」

「九小姐。」

「……你說誰？」挖挖耳朵，他們沒聽錯？

「端木家九小姐，也報名參賽了。」

「那個傻子？」

「那個最廢的嫡系小姐?!」

「一個傻子廢材，也來參加天才賽？」呵呵。呵呵。呵呵呵。

實力不說，這膽子真讓人佩服。

「你的消息也太不靈通了，聽說九小姐已經不是傻子，前幾天就回到帝都了。」

十幾天前在東城門發生的衝突，這些日子已經傳遍帝都；不知道的，多半都是這幾天才回來，根本還來不及聽到傳聞吧。

「就算恢復正常，她能和其他少爺們相比？」

這個……大概不能吧！

從小修練，和不知道什麼時候才開始修練的人，那還是從小就修練的人，實力比較值得信賴。

「但是，聽說端木九小姐回到帝都的時候，是和端木家的四少與皇室的駒皇子一起回來的，能和他們走在一起，她的實力應該也不低吧！」

「那很難說。」再怎麼說，九小姐也是大家子弟，和自家哥哥以及世交哥哥搭伴一起走，很正常吧。

「這個我知道。」有人突然開口。「我從天耀城來，有聽說，九小姐不久前才在天耀城測試過魂階，她是……一星魂師。」

一星……魂師？

眾人懷疑自己聽錯了。

「不是，你講清楚，是一星『魂師』？還是一星『地魂師』？你是不是漏講一個字？」

「沒有漏字，就是『一星魂師』。」四個字。沒漏字、沒錯字。

「只要有凝聚魂力就算是魂師的——一星魂師？」再確認一次。

「嗯。」

小小聲討論的這群人，頓時集體無聲。

「呃……即使是……一星，也是魂師，符合參賽規定。」比較厚道的人這麼說道。

「一星魂師，是來陪賽的吧！」這話一說，旁邊的同伴立刻嗆了一句——

「也不見得，說不定還是能揍人的。」

「我覺得，是來挨揍的。」

「怎麼說？」

「九小姐有契約魔獸。她身邊時時帶著一隻火狐狸幼獸，要揍人還是可以的。」在一般人觀念裡，沒有契約，魔獸不可能時時跟著人，所以小狐狸理所當然就被認定為端木玖的契約魔獸了。

火狐狸，在魔獸也許算不上是特別高階的魔獸，但牠仍然是一隻很有專長，而且厲害的魔獸，即使是幼獸，一般的地魂師也不見得能應付。

就算是天階高手對上牠，也不一定占得到便宜。

在端木本家裡發生的事，在大長老的控制下，並沒有往外傳，所以外人對端木家九小姐的印象還是那樣——一個讓人對比著可以得到安慰的對象。

頂多再加上她不傻了、一星魂師測試成績、隨身帶著一隻火狐狸，就已經是最新，而且傳得還不算廣的新新消息了。

於是小小的火狐狸，加一個可愛美少女的組合，就是端木家九小姐的形象標幟了。

整一個貴族家的小姐在溜她家寵物的標配。

完全沒有一點實力感。

但是隨身帶著一隻魔獸，還是很讓人羨慕嫉妒的呀。

「有火狐狸這樣的魔獸，九小姐……說不定能闖過初賽。」也許，還可能連闖兩三關？

說得真是好有道理，他們都無法反駁。

「就算好運通過初賽，後面還有複賽、決賽……」只靠運氣的，不可能一直贏下去吧。

「就算如此，能闖過第一關五千淘汰賽的，也是好厲害呀。」他們就沒這種本事……唉。

「就算如此……有契約魔獸，還是好好喔！」

好羨慕喔！

有人只是一星魂師，身邊就有一隻準天階的魔獸，而他們都在想辦法衝擊地階了，身邊卻連隻普通魔獸都沒有——唉。

這世界，怎麼就這麼氣人呢！

◈

包著一件大披風，小玖跟著哥哥們和北叔叔等六人，混坐在看台區觀眾席裡，正好聽見這段話。

北御前面無表情，仲奎一則快要笑死了。

「乖，做妳自己，不要有壓力。」端木風安慰一直低著頭的妹妹。

這些閒言閒語，左耳進、右耳出，不必記，更不必認真。

這種時候，事實勝於雄辯。

「沒有壓力呀。」小玖抬起頭，端木風這才看清楚，妹妹一直低著頭，是因為在和某隻玩耍。

一隻狐狸爪也能玩剪刀石頭布？

呵呵，作夢吧！

但他們就是真的在玩。

至於難過、沮喪、氣憤……抱歉，統統沒有。

「……沒有就好。」妹妹這麼粗神經，也～是好事。

雖然只是一小群人的討論，當事人覺得沒什麼，但這些討論，卻慢慢擴散了出去。

要說坐在這裡的觀眾們，最感興趣的除了自己崇拜的對象，當然就是預測勝負，猜測誰會是本屆大比的第一人。

所以一有熱門人選，大家一定熱烈討論。

畢竟這種盛事，伴隨的活動就是——勝負賭局。

聽說過去因為私設賭局太過猖獗，導致大比結束後的千里追債、破產跑路的案子陡然以等比速度增加。

那之後，皇室立法新律條：帝都大比，不得私設賭局，相關勝負預測，請洽主辦方。

簡單來說，就是私人不准做莊，主辦方自己來做。

優點是：主辦方不存在因為賠不起而跑路的可能性，大家不用擔心注金被捲跑。

缺點是：想做莊的人天天詛咒，不給我們小住民賺一口你們統統自己賺了，飯沒了連湯都不給喝沒天良啊！

但是不必擔心領不到下注贏的錢，大家還是比較支持的。

因為大家都想贏，更想知道誰最有可能贏；擂台開場前，全競技場八十個下注點間直忙翻了。

「秦肆，押上一萬金幣，買小玖贏。」端木傲決定以行動表示信心，支持妹妹。

「我也是。」端木風立刻跟進。

「我……」小玖才剛開口。

「小玖不用下注，我幫妳買了。」北御前說道，仲奎一跟著點頭。

兩人份下注的金幣數目，足夠讓收注人印象深刻。

從初賽到總決賽，每次結果出來，就全數再下注，下注的標的只有一個：端木玖。

收到注金的人還以為這兩位大人瘋了。

買一個名不見經傳、不知道從哪個犄角地方跑出來的參賽者，下注的金額還特別高，是有金幣沒處花嗎？

就算她的賠率是一比一百，要是沒贏所有金幣都打水漂啊。

尤其這個參賽者的基本資料是：一星階師?!

收注人還以為自己眼花了，來回看了三遍、再三確認自己沒看錯之後，那表情，真是一言難盡了。

但是，顧客至上！

即使心裡吐槽了千萬遍，收注的人還是很認真地進行記錄，順便以同情加「下注就是圖個快樂輸贏不用放在心上」的安慰眼神——或者該形容是「大人就是厲害金幣就是多多多」的崇拜眼神，送走這兩位大人。

「謝謝北叔叔。」放開窩在腿上的小狐狸，小玖嘿嘿嘿地笑著，高興地抱了北叔叔的手臂一下。

金幣金幣賺金幣。

被關了十幾天的禁閉不能花金幣賺金幣有點心酸啊！即使出來後立刻上街吃吃買買買兩天，把食物塞滿半個儲物手鐲，也不能完全安撫那股心酸。

但現在她就很開心了。

一賠一百耶！

堅持會花錢要更會賺錢的小玖，呵呵呵笑。

哥哥們盯著那隻手臂，那眼神——真有點難以言喻的羨慕嫉妒……

仲奎一在旁邊看到，差點笑場。

這兩位天才精英，真的是天才精英？形象是不是有點崩？

辰時中過一刻，競技場的席次已經全數坐滿，底下裁判與來賓座位的地方，也已經坐滿人。

端木風趁機說明：「每屆帝都大比，裁判都是由三大家族、皇室、煉器師公會、傭兵公會與商會，各派一人組成。」確保裁決的公正性，以及萬一需要投票時，絕對不會出現平手的烏龍狀況。

至於其他人，暫時沒有特別重要的，他不多介紹，唯獨有一個人，端木風特別指出來：「看見那個穿著一身白，手持羽扇，看起來風度翩翩的男人嗎？」

「嗯。」在一干鎧甲裝備裡，突然出現一個純白輕裘，看起來輕飄飄的一點也不笨重，穿得不像來競技場倒像去郊遊野餐風格的男人，想讓人不多注意兩眼都難。

「他是陰月宇，陰家主唯一的同胞弟弟，他本身實力雖然不算高，卻是大陸鼎鼎有名的煉器師。」

在全天魂大陸，不滿百歲的天才煉器師中，他也是名列其中的佼佼者。

他就是原本三叔，給小玖定婚約的男人。

端木風才說完，旁邊四個男人，頓時多看他好幾眼。

「他的女人很多，名聲比陰家主好一點，就是他不強迫女人。」陰家主不介意把男人搶、劫、抓押回家——享用。

不知道是不是小玖的錯覺，她覺得，那個陰家男人好像往她這邊多看了一眼。

「阿駒特地提醒，如果擂台上對陰家的人，妳要特別小心。」端木風還在叮嚀。

擂台上，只能靠小玖自己，他們都幫不上忙。

到這個時候，才發現好像還有很多事要提醒小玖，但是時間卻很氣人得不夠了；怎麼辦啊？

這種宛如老母親般的擔憂心情，端木風華麗麗地體會到了。

不過，又想到小玖把端木忠打得生活不能自理的模樣，端木風又安心了一點。

就算打不到最後總決賽，保護自己全身而退應該沒問題。

「去報到吧。」北叔叔遞給小九一個參賽牌子，上面寫著初賽：第二場，第五擂台。

在小玖關禁閉的期間，北叔叔做了不少事；替她報名參賽就是其中一樣。

「嗯。」拉攏披風順便把小狐狸蓋住、抱著，小玖乖乖巧巧地下看台座位區，一路往報到處走。

這倒不是小玖怕被認出來，純粹是不想在比賽前旁生枝節。

經過腦子裡的記憶加一路回到帝都的親身驗證，這大陸上沒事愛找打找罵的人特別多，簡直拿殺蟲劑來噴都殺不完。

小玖還想好好比賽呢！

未時前一刻，參賽者報到完畢，主辦方進行簡短的開場白，接著宣布：

「本屆大比，分為兩種賽程，個人賽與團體賽。現在進行個人賽初賽，共有九場，每場有九個擂台同時進行，每擂五千人，以淘汰的方式進行，每擂只取最後留在擂台上的十人。現在進行第一場次。」

話聲一落，參賽者飛快登上各自的擂台。

這上擂台的動作，就是一齣戲。

有一跳就上去的、有助跑撐跳上去的，有踩著擂台邊的凸起跳上去的，大家各顯神通。

比較引人注目的，就是飛上去的。

還有一種是巴不得大家不要看到他怎麼上擂的——走樓梯一階一階爬上去的。

很快地，第一場次九擂滿員，在主辦方一聲令下時，混戰開打。

那場面，何止一個「亂」字能形容。

擂台之間參賽者不會互相影響，但是魔獸一放出來，血脈有高有低，大多數血脈低的魔獸不出來還好，一出來，碰上血脈壓制，那不要說增強戰力了，簡直變成魂師本人的拖累。

於是，所有擂台都可以看見類似的場景：

魂師們放獸！

有獸雄糾糾。

有獸抖抖抖。

魂師扛不住、很快被踹下台。

五千人的擂台，淘汰的速度遠比預想中的還快，不到半個時辰，結果就出來了。

成功晉級者，九十人。

接著，是第二場次。

五千個人同時在一個擂台上是什麼感覺？

人。都是人。

擠。擂台再大也覺得擠，很有伸不開手的感覺。

這種時候，小玖就有點哀怨了。

「個子不高的人傷不起啊。」簡直被淹沒在人群裡。

偏偏在收起披風後，她就變得很顯眼了。

漂亮！

可愛！

十幾歲樣！

小隻的，火、狐、狸！

這位的身分，呼之欲出了。

第五十五章 不夠嚇人不出名

群戰亂打，當然先找同盟，排除異己。

足以容納一百人跑圈的比武台上，頓時分成一堆一堆的人團，敢上了台還落單站著的，不多、而且顯眼。

小玖就是其中一個。

還是看起來最弱的一個。

而且小狐狸一露出來，消息靈通一點的，就猜出她的身分了。

秉持「敵人少一個是一個，對手要先挑弱的打」的道理，不少人的目光瞄著瞄著，掃過她身上。

陌生的臉孔，顯赫的身分，稱不上實力的魂階。

簡直是天上掉下來的禮物！

就算她再弱，也是頂著端木家族嫡系的名頭。

一招解決這個最弱最有名的一星魂師，就出名了——打敗端木家的九小姐，當然可以出名。

多美好的藍圖。

打敗大家族出身的人，完全是他們每個苦修散修，以及其他不如一等家族出身的魂師武師們的夢想。

然後在打敗端木家的小姐後，可以順便先清掃左（右）邊那一團人……

眾人在心裡飛快盤算作美夢，當聽見看台上人宣布比鬥開始，正準備出手的時候，端木玖輕聲笑了一下。

「大家都把第一個目標放在我身上呀，那多不好意思。」害羞的表情。

「……」害羞個什麼東東呀，現在是害羞的時候嗎？

而且，不用不好意思，是我們不好意思才對，因為，我們想把妳打下擂台啊！

「不過，這麼多人，要一個一個打，也挺麻煩的，不如還是一次解決吧。抱歉喔，我想贏，所以請你們——都下去吧！」端木玖用很禮貌客氣的語氣，微微笑地把話說完，接著一轉步旋身上空，在她右手上不知道什麼時候出現了一把劍，隨即連蓄勢都不必，一劍劃下，直擊向擂台中央。

「轟！」

一股巨大的氣浪頓時由擂台中央爆向四周，擂台上數千人頓時全部被氣浪轟飛，以各種花樣姿勢跌落台下。

「哇！」「啊！」「哇哇哇！啊啊啊！」

一擊，全掃。

幾千顆頭鑽動的擂台上，頓時只剩孤零零一個，嬌嬌弱弱的美少女。

左右兩邊各四個擂台上，人頭還密密麻麻、人獸有點擠的擂台，對比最中間那個，只剩一個人的大擂台。

空曠！

顯眼！

圍觀群眾：「……」下巴掉下來。

隔壁所有擂台上的參賽者：「?!」動作頓時頓住。

看台上的大佬們：「……」目瞪口呆。

現場頓時一陣沉默無聲。

兩陣微風吹過，吹動地面上的塵土，輕輕的「沙——沙——」聲。

呃……現在……在比賽！擂台上！

終於有人回過神了，還站在擂台上的，開始趁機踹人下台啊！

什麼？趁人之危？

誰教你站在比鬥擂台上的時候還可以分神的?分得回不了神，那不踹你還能踹誰?

八個擂台瞬間進入大混戰，觀眾台上也開始喧喧鬧鬧，熱烈烈討論。

小玖收劍，站在擂台上，觀察了一下擂台地面上的痕跡，確定沒把擂台打壞，頂多砍出點兒裂痕而已，沒事。

她放心了。

裁判也不宣布她晉級，她就拿出一張椅子，抱著小狐狸坐在擂台上，拿出零食一邊餵牠，一邊看戲。

「小玖……這招很狠的。」端木風忍笑。

北御前也想不到他養出來的小孩在擂台上給他來這麼一齣，糾結了好一會兒，還是笑出來。

別人很忙，她很閒。

「真不愧是……」他的女兒。

「嗯，很好。」只有仲奎一，很滿意地點頭。

果然是被師父薰陶過，不按牌理出牌，才是他們師門的正字標記。

「順利晉級就好。」一向循規蹈矩，只為小玖犯過規的端木傲，只有這個想法。

「九小姐很厲害。」秦肆誠心說道。不過四周的視線，好像又妒又羨的很多啊！

不招人妒，不是小玖。

決定高調一把，小玖不把這些視線放在心上，就專心看著兩邊擂台。

被踹的、被搧的、被推的、被吼的、被甩的、被嚇的、被打昏丟下去的……

各種下台方式，花樣百出，讓小玖看得津津有味，唯一的缺點是，頭得左右轉來轉去，很忙。

其實如果可以，她也想坐台下看就好呀。

奈何裁判還沒宣布她晉級，萬一她主動下台反而失去晉級資格怎麼辦？

所以只好留著了。

但是她這番動作，看得在場人士的下巴才剛接上又掉下來。

什麼時候擂台場上竟然還可以有這種操作?!

「本長老活了幾百年，沒見過有人在擂台上自備椅子吃零食的。」公孫家長老嘖嘖幾聲，覺得大開眼界。

「不像樣！」歐陽家長老不以為然。

「大長老，那是你家的……小娃娃？」傭兵公會的代表，笑咪咪地問端木家大長老。

「見笑了。」大長老能怎麼辦？只能酷著一張表情，一臉「她年紀小就是這麼率性天真的他也不好過多糾正」地點點頭。

「小娃娃……有點意思，而且裁判還沒宣布她晉級，要是她下了台，不等於自己棄權嗎？」商會代表說了句公道話，並且以有點欣賞的眼神看著端木玖。

商會據點遍布全天魂大陸，他得到的消息，可比其他人全面多了。

天魂大陸史上晉階紀錄保持者，曾經的天魂大陸第一天才的女兒，果然也非池中物。

這一劍展現出的實力，是要打破上屆大比紀錄了吧。

今天這一場擂台之後，她的名聲，將再也掩不住；這個大陸，可能要熱鬧起來了，真令人期待。

看台上其他的來賓，也各自以不同的眼神看待端木玖，各有心思。

天才很好。

但天才如果是別人家的嘛……

被一劍掃下台的參賽者們，終於陸續有人回過神——但他們寧願不要回神！不想接受這個事實！

看台區的觀眾，有點結巴：

「這樣的……是一星魂師？」怕是逗我的吧！

「這樣的一星魂師實力，給我來一打。」他作夢也要當這種一星魂師！

「……呵呵……呵呵。」那個從天耀城來，篤定九小姐只是一星魂師的觀眾，裝傻地笑。

「糟了，我的金幣！」

「我的銀幣！」

「我的吃飯錢……」

都打水漂啦！

那邊有人為了自己消失的注金在呼天搶地，這邊有同樣修劍技的武師，遲遲疑疑地開口：

「這是……天武師的劍氣？」

遲疑，不是不確定，而是覺得，這劍氣，好像比天階更厲害一點……錯覺吧？

被掃下台的參賽者們聽見：「……」哇靠！

看著還悠哉坐在擂台上看戲的端木玖，他們只覺得一陣悲憤。

天武師，是天階高手啊！

他們這群人裡，四千九百九十九個，哪裡有天階的人？

一個天武師從他們這群只有一半是地階的魂師加武師堆裡冒出來，根本就是來橫掃千軍的吧！

妳是天武師妳早說啊！

妳早說我們就膜拜妳供著妳請求妳到一邊休息，直接等晉級，哪裡敢打妳主意，還想著先把妳踹下台？

簡直被坑死了！

到底是誰說端木家九小姐只是一星魂師，隨便打都可以贏、打贏她還可以出名的？給我滾出來，我們保證不打死你！

◈

有了端木玖這一場，接下來的七場擂台賽，就算還有出現讓人覺得驚嘆的天魂師，也沒辦法再像被端木玖驚嚇到那樣，再被震驚到了。

然而，比起那些被打落台下、悲憤的參賽者們更震驚、心情更複雜的，是那些高坐在看台上的各大世家來賓與擔任裁判的代表們。

在不管是讚嘆或是看不慣的想法後，他們同時意識到了一個重點，然後各自只用了一半心思看比賽，另一半心開始各種猜測推想。

那一劍。

別看那只是簡單的一招，簡單的劍一揮。

但那一揮，就把四千九百九十九人打下台，這需要多大的威力才能做到?!

這種威力，放在他們在座任何一個人身上，都不足為奇。

但放在一個才十五歲的小女娃身上——根本嚇死個人！

再則，五千人滿滿的擂台，她一個沒漏的清空四千九百九十九個，卻又沒讓劍招的破壞力擴散太大範圍，這是後繼無力，還是出劍時就有所控制？

若是前者，還算正常。

若是後者……

這晉級的會不會也太快了？

天賦再強，她也只有十五歲，而且前五年確定根本是廢材。

還是說她在西岩城有什麼奇遇？西岩城有什麼寶？嗯，值得調查。

最後，還有那把劍。

那應該也不是普通的劍。

煉器師公會代表在看見那把劍時，還驚訝地眼神一亮，雖然很快又恢復面無表情，但還是有人注意到了。

想一想端木玖最親近的人——北御前，他最好的朋友——仲奎一。

那把劍是仲奎一煉製的吧！

這個猜測，就合理一點了。

猜測來、推理去，最後各自找到合理的解釋，至於正不正確——呵呵。

只能說，捕風捉影的，大家腦補的功力，真的很好哩！

初賽淘汰後，晉級的參賽者，再經過百人、十人、五人……各種多人淘汰，直到一對一賽制前，幾十萬名參賽者，只餘八人，也是本屆八強。

同時，帝都的天色也漸漸暗了下來。

就在此時，競技場看台區後方，由四面八方耀出亮光，瞬間將整個競技場照明得亮如白晝。

八強名單，七名裁判也逐一看過。

這八人中，有的挺有名氣、有的比較不為人知，相同的一點是，這八個人的出身，真是個個有背景啊！

散修的小娃娃們，全軍覆沒。

「不只有背景，分配還挺平均。」七個裁判裡，也只有皇室代表說出來的話，可以算公正了。

「陰家的子弟，在這一屆大比表現得特別出色呀。」歐陽長老說道。

五人參賽，有兩個晉級到八強，成為八人中唯一有相同姓氏的一家，這個成績，夠讓皇室和三大家族沒臉了。

「只是巧合加幸運，如果沒有年齡的限制，各位的家族子弟們的表現，一定更令人期待。」身為陰氏家族的代表人，陰月宇的說法很客氣。

但是仔細分析一下。

「沒有年齡的限制」，這是影射他們家的孩子再厲害，也都已經是「過時」的天才了嗎？

有點氣。

趁他們閒話的時候，皇室代表已經讓人準備籤筒，讓八名參賽者一一抽選，然後一邊轉換擂台數。

最初設置的九個擂台，隨著不同場次的比賽調整擂台數，這一場八晉四，競技場裡只留下四個擂台。

小玖讓小狐狸抽了籤後，沒關心抽籤結果，反而興致勃勃地看著擂台的變化。

這麼大的擂台，移動轉換的動力得多強大呀！

這麼不講究科技的大陸，卻有這麼先進的科技，真是太有趣了。小玖特別想研究。

「八晉四，一對一半準決賽，以任一方退出擂台判定為輸，勝者晉級。」皇室代表說道：「現在宣布各擂台對決名單，聽到宣布者請上擂台預備：第一擂台，端木玖對姬雲飛。第二擂台，陰星流對公孫憬。第三擂台，陰星柔對雷鈞。第四擂台，歐陽明寬對石昊。」

聽到宣布的八人，個個帥氣飛上台，可見得個個是天階。只有小玖抱著小狐狸，是走階梯上擂台的。

雖然她上擂的速度沒有比別人慢多少，但看見這一幕，眾人的嘴角不約而同抽了一下。

「為什麼……用走的？」她的對手，姬雲飛非常好奇地問。

「樓梯不就是給人走的嗎？」她反問。

所以，走樓梯有什麼問題？

「……」這答案，很好，很強大。走樓梯，沒問題。

但這種時候還能淡定走樓梯的人，妳絕對是第一個。

另外，還有一擂的情況，也很引人注目，因為擂台上，只有一個人。

「第四擂台，石昊。」皇室代表再一次喊道。

這時，有人特地傳話給台上代表，說明石昊沒出現的原因：

「石昊，他……吃壞肚子，自願棄權。」

看台上裁判、來賓們、參賽者們：「……」掀桌！

拉什麼肚子？

要找個棄權的理由也找個好一點的，都天階高手了，基本上根本百病不侵，誰聽說過天階高手還會拉肚子的?!

耍什麼寶啊！

誰家的孩子，欠抽。

台上煉器師公會代表，默默後退了一點，力求別人不要注意到他。

這理由……足夠讓人記到下一屆帝都大比了。

皇室代表深深覺得，今年這份裁判兼主持人工作對他很不友好，老是出現讓人呆滯的意外狀況。

但是半準決賽還是要進行下去的，在照例叫喚三次不到後，他很乾脆俐落地宣布：「石昊未到場，判定棄權，歐陽明寬晉級。第一到三擂台，半準決賽，開始！」

第二、三擂台，同一時間亮出四道閃光，比賽的四人，第一時間鎧化。

但第一擂台，姬雲飛還站著沒動，端木玖也抱著小狐狸，兩人各站一邊，卻一點對決的緊張氣氛都沒有。

「妳不出劍嗎？」姬雲飛好奇地問。

「你不鎧化嗎？」小玖反問。

「我家的小獸，不太想出來。」他似有若無地瞄了某隻一眼，某隻什麼都沒說，他也不知道原因。

「可是，你上了擂台，還是要打呀。」小玖說道。

「說得有道理。」姬雲飛點點頭。「我對妳的劍很好奇，一招定勝負，怎麼樣？」他就是為了這個才上台的呀。

「可以。」她點頭。

兩人對視一眼，擂台上輕鬆氣氛一變，戰意飆升。

小狐狸跳上她的肩，小玖握劍；姬雲飛同樣揚起手勢。

兩人同時動作！

小玖一劍揮過，姬雲飛閃身時手一揮——

「鏗！」

觀眾都沒看見什麼，只聽見一聲交擊，姬雲飛人已經在擂台下。

小玖站在擂台邊，緩緩收起劍。

「你和石昊，交情一定很好。」小玖判斷。

「妳怎麼知道？」他一訝。

「直覺。」才不是。因為這兩人的風格，莫名相像。

一招根本沒勝負，他自己衝過頭了。

「哈哈，妳真有趣。很高興認識妳，有機會再聊。」姬雲飛爽朗一笑，對她揮了揮手，人就退場了。

她的劍，很有意思呢！

「這樣贏，我有點不爽。」她對小狐狸說道。

有點不爽的結果就是——

下一場，四強準決賽再度抽籤，結果是：端木玖對歐陽明寬。陰星流對陰星柔。

陰家兄妹自己對決啊……

不少人都偷偷瞄陰月宇的反應。

陰月宇就是——沒反應，輕搖著羽扇，繼續優雅地當觀眾。

「端木玖，妳挺幸運的。」最早晉級、全程在台下觀戰的歐陽明寬當然有看出來，姬雲飛是故意輸的。

「但你不太幸運。」小玖一臉同情地看著他。

「我怎麼會不幸運？」他幸運得很，一路晉級；現在也將繼續幸運下去。

「因為我不太高興。」當她不太高興，就會想——揍人！

「……準決賽，開始！」

主持人話聲一落，小玖瞬間動作！

在歐陽明寬似乎想拿出什麼、灌入魂力時，小玖已經一腿將他踹得飛起。

然後他在半空中扭身準備落下擂台時，小玖再揮一劍！

為了避開那一劍，歐陽明寬不得不放棄原來的打算，讓自己繼續飛出去，小玖卻一閃身到空中，出現在他身邊。

「妳?!」

小玖還對他咪咪一笑，然後，再一踹——

「啊！」

砰！

小玖回到擂台上，還捂了一下眼。

這摔得……五體投地，有點沒形象。

從喊「開始」到歐陽明寬下台，就兩眨眼的時間，快得讓人眼一花，就比完了。

可以說，小玖就是搶一個「快」，不給對方反應時間，讓對方再厲害也來不及施展。

歐陽明寬翻轉回身，爬起來，怒指著小玖：

「妳……咳咳！妳……妳偷襲！」

「主持人喊開始了。」小玖指著裁判台。

開始，當然就可以動手了。

主辦方點點頭。

「她說得沒錯。」順便宣布：「端木玖，晉級決賽。」

歐陽明寬還想爭論，但裁判看台上的歐陽長老已經對他搖頭。

雖然生氣這種結果，但是眾目睽睽，他確實輸了，再說什麼都沒用。

歐陽明寬氣得一回身，走了。

小玖無視歐陽長老暗暗的不善眼神，跳下台後，看著隔壁擂台的比賽。

看得……她有點懷疑人生。

這一組——據說是兄妹吧。親兄妹，可能爸爸不同一個。

但親兄妹這種打法，簡直像有深仇大恨，要拚個你死我活；而且，作為哥哥的陰星流，實力明顯強過妹妹。

所有人都看得出來，哥哥應該會贏。如果沒有意外——意外來了！

在陰星流用出刀法魂技的時候，陰星柔反擊了。

「狼牙嘯月！」

「一鏡迴逆！」

只見陰星流的刀刺向陰星柔胸口，卻被陰星柔反手以掌心擋住、一推；兩人之間頓時光芒大放。

所有人的目光都被光芒遮擋，等光芒漸退時，只聽見——

「呃！」陰星流悶哼一聲，頓時吐血、胸口見紅，不得不立刻後退。

陰星柔立刻追擊上前，在他還沒站穩前再補一掌。

「砰！」

陰星流被擊出擂台外。

小玖微皺了下眉，暗送一道氣勁，讓陰星流落地的時候，不至於再度受創而傷上加傷。

「呃……」還沒落地，陰星流就感覺到一股柔和的勁道，提氣轉身，勉強穩身落地，雖然踉蹌了幾下，但終究站穩了。

「第二擂，陰星柔，晉級決賽。」主持人面無表情地宣布。

即使是借助魂器，不是個人實力，但仍算勝。

陰星柔立刻得意地笑了。

陰星流沒說任何話，轉身就離開，但在離開前，朝端木玖看了一眼。

謝謝。

「他，很平靜。」平靜到，好像早就預料到會有這樣的結果。

他的眼神淡然，平靜，一點也沒有敗者的忿怨或失望。

不要注意別人。

小狐狸不太高興。

小玖「噗」一聲，一笑嫣然。

「好吧。」揉亂小狐狸的毛。

小狐狸有點哀怨地看了她一眼，但，還是默默忍受了——這完全不符合牠風格的被揉毛的待遇。

「隆……隆……」擂台再度轉換。

第二擂台，緩緩降下。

競技場裡，只留下一個擂台。

「帝都大比個人賽，最終決賽對決：端木玖，對，陰星柔。」

在主持人的示意之下，兩人一左一右，登上擂台——

在兩人上擂台後，除了歐陽明寬，晉級失敗的八強中的五位，默默回到參賽者座位區，一字排開，相鄰落坐。

擂台上，陰星柔打量著端木玖，然後才開口：

「沒想到，我最後的對手會是妳；端木家族幾代以來最有名的廢材。」揭人就是要揭短。

「我早就想到，我的對手，大概都是我不認識、不知道的人。」端木玖笑笑地回應：「所以，妳哪位？」

「噗！」哈哈哈。

姬雲飛差點爆笑出來。

被叫出廢材名聲、如今名不副實，對上，一個根本沒名氣的人。

這吐槽法，新鮮！

「學起來。」坐在他旁邊的人，默默筆記。

姬雲飛默默汗一滴。

「阿昊，你真認真。」

「應該的。」認真。

……這麼認真，還能愉快地聊天嗎？

「陰星柔，陰家嫡系子弟——」她的語氣，簡直有些咬牙切齒了。

端木玖卻擺擺手。

「我又不是要做戶口普查，妳不用報得那麼仔細，我對妳的身家什麼的，沒興趣的。」她一副特別澄清樣。

陰星柔都要被氣死了。

擂台下有人聽得眼神一亮，手上，更快地筆記了。

姬雲飛抱肚子，忍笑。

再旁邊三個，各自努力保持臉部表情的認真與帥，提醒自己切切不能爆笑出來。

看台觀眾區就沒那麼能忍了，簡直是連續各種「噗哧、噗哧」的笑聲，還此起彼落。

這一屆個人賽，雖然精采度不如上一屆，但是，爆笑度和掉下巴的次數，絕對爆表！

聽見自己被嘲笑，陰星柔氣得眼冒金星，怒視著端木玖，「妳！等我打敗妳，看妳還怎麼囂張！」廢材，永遠就只會是廢材。

這話一說，小玖也不笑了，雙手扠腰，質問又不解，「我明明很有禮貌、說話輕聲細語，哪裡有囂張？妳這是什麼眼神呀，怎麼能把人看錯得那麼離譜？」

……這話問的，還不如直接說陰星柔眼神不好哩！

姬雲飛突然有點慶幸，幸好剛才他沒有和端木玖說太多話、對她的態度也很客氣，不然就算沒有一招下台，他也會被噎得自動棄權吧。

幸好他直覺端木玖不好惹，要客氣點兒；感謝直覺！

「我、的、眼、神、很、好。」陰星柔還在強調。

「是嗎？千萬不要諱疾忌醫喔！」小玖語氣特誠懇。

有毛病，千萬不要放棄治療。

「廢話少說！百靈匯聚。」陰星柔氣得當下不再廢話，憤而出手。

「喂喂，主持人還沒喊開始耶！」小玖喊道。

所有人都聽到了。

陰星柔硬生生停住招，原本向前撲身的動作又趕緊後退，拉開兩人之間的距離。

裁判還沒說開始就出手攻擊，是會被判偷襲，因而直接判輸的。

不打敗端木玖、不讓她徹底丟臉一次，她不甘心！

主持人這時就恰恰好宣布：

「決賽，開始！」

小玖頓時移動，轉瞬已到陰星柔面前——

「一劍——」

來了！陰星柔不閃不避，心一喜。

「一鏡迴逆！」

與剛才準決賽時一模一樣的光芒大放，眩花所有人的視線——

「不可以！」

（待續）

番外小劇場

關於自動棄權這件事

小劇場一

姬雲飛：你怎麼沒上擂台？

石昊：反正都要輸啊。

姬雲飛：至少要打一下吧。

像他一樣，打了一招。

石昊：裝輸太難了。

不想輸給蠢才。

我會內傷。

姬雲飛：……那至少想個好聽一點的理由。

石昊：下一次。

換睡過頭。

姬雲飛：……

對不起，他要求太高了，是他的錯。

小劇場二

姬雲飛：決賽，你下注了沒？

石昊：嗯。

姬雲飛：你下注給誰？

石昊：端木玖。

姬雲飛：為什麼？陰星柔可是打敗了陰星流。我們都不一定能贏陰星流呀。

石昊：你輸她。

姬雲飛：……

誰輸啦？他那是好男不與女鬥，自動棄權！

作者的話

哈囉，大家好。好久不見。

這一集，當寫到「待續」這兩個字時，銀姑娘簡直感動得要熱淚盈眶。媽媽（？），我終於寫完啦！嗚嗚嗚。想到寫這一集的過程，真是太太太，太一言難盡了。

開頭難產。為了風哥的出場，文字反覆寫寫修修好多次（繼隔壁棚的初會虐了銀姑娘後，這個初會也虐了銀姑娘了）。再來坑坑巴巴的進度，終於一點一點地，寫到後面的時候，來過粉絲團的朋友們，應該知道發生了什麼事——原始文檔，被word發生問題，給刪、掉、了。救都救不回來的那種。那一刻，銀姑娘真的是震驚得不敢相信了。好不容易快寫好了竟然給我來這齣?!這打擊太大，銀姑娘暈眩了兩天……

各種拜G大神拯救與查證方法無效後，最後終於在NB找到前期存過的文檔。只缺後半，不用全部重來——也是要感謝。

銀姑娘認命啦！唬哧唬哧地重寫，邊寫邊想，後半的這一版，跟之前寫的那一版，一定不太一樣。果不其然，寫到後十分之一要收尾的時候，猛然發現，這進度不對呀！就這種篇幅，根本寫不到原來的那一段啊！但是，已經這樣了，寫不到就寫不到吧，繼續——

這個時候，銀姑娘很高興，因為，終於快寫完啦，白天還很快樂地和編編打招呼，到了半夜，就差半章的時候——游標，不動了。word，不動了。文件，不見了。銀姑娘……又、來、了！銀姑娘感覺靈魂已經升天，沒力生氣呼喊救救命了。被word一再坑的銀姑娘，也是會學乖的。從第一次大當後，銀姑娘每天都備份。跟編編報告的時候，正好也備了一份。所以這次毀掉的，就是後面大概十分之一。

再寫第三次～～

因為word虐銀姑娘。銀姑娘太氣了，只好虐吃瓜群眾（喂）。

於是這後十分之一，跟消失掉的那一版，又不太一樣啦（哈哈哈）！所以，大家現在看到的這一集，已經是第三版啦！（這次一寫好，還沒順稿，就先寄給編編一份，自己也備份，絕對要預防再被坑。）

終於把稿子順完後，銀姑娘簡直感動得想哭。這坎坷的「玖5之路」啊，銀姑娘終於走完了。嗚嗚～然後寫完的時候，還忍不住腦洞一開，蹦了兩個小劇場，還有一個之後應該會寫的番外，或可能寫在下一集裡。

寫到這一集，天魂大陸的主要人物，大概都出現啦！玖玖也從天魂大陸生活小白，進化到現在半白的程度。（傲哥：我的功勞。駒哥：我也有啊。）接下來，玖玖將正式踏上大陸舞台！（大殺四方？）

最後，要對大家說一聲：讓大家久等了，也謝謝大家的等待和鼓勵，希望大家會喜歡這一集喔。咱們下回見、、——

二〇一八年六月

銀千羽

國家圖書館出版品預行編目資料

末等魂師⑤：不夠嚇人不出名 / 銀千羽 著 .--
初版 .-- 臺北市：平裝本． 2018.08 面；公
分（平裝本叢書；第 458 種）（銀千羽作品）

ISBN 978-986-96236-8-1（平裝）

857.7 107013062

平裝本叢書第 458 種
銀千羽作品

末等魂師

⑤ 不夠嚇人不出名

作　　者—銀千羽
發 行 人—平雲
出版發行—平裝本出版有限公司
台北市敦化北路 120 巷 50 號
電話◎ 02-27168888
郵撥帳號◎ 18999606 號
皇冠出版社（香港）有限公司
香港上環文咸東街 50 號寶恒商業中心
23 樓 2301-3 室
電話◎ 2529-1778　傳真◎ 2527-0904
總 編 輯—龔橞甄
責任編輯—張懿祥
美術設計—嚴昱琳
著作完成日期— 2018 年 6 月
初版一刷日期— 2018 年 8 月
初版二刷日期— 2020 年 11 月
法律顧問—王惠光律師

讀者服務傳真專線◎ 02-27150507
電腦編號◎ 560005
ISBN ◎ 978-986-96236-8-1
Printed in Taiwan
本書定價◎新台幣 220 元 / 港幣 73 元